高名凯译文集 18

杜尼·玛西美拉

（法）巴尔扎克 著

海峡出版发行集团 THE STRAITS PUBLISHING & DISTRIBUTING GROUP | 海峡文艺出版社 Haixia Literature & Art Publishing House

目　录

一、两个爱情

熟识历史的人都知道威尼斯的贵族是最古老的欧洲贵族。他的金书族谱在十字军时代之前即已存在。那时候，威尼斯是消沉海底去避免野蛮人的杀戮的罗马帝国和基督教的残留。然而他却已经强盛，已经显耀，已经控制了政治和商业。除了极少数的例外，这贵族现在可以说是完全毁灭了。历史可以在那些给英吉利人领路的长扁形小船的船夫身上给我们指示他们的前途。在这些船夫里就有古代威尼斯共和国的头目的子孙，他们的宗族比王室还要古老。要是您到威尼斯去的话，您就要在您的小船将要在下面通过的桥上欣赏一个穿一身褴褛的穷苦的少女，她是优雅的，也许就是属于最著名的古罗马贵族的一家。当国王的遗裔渗杂其中的时候，这个民族就会有许多奇怪的性格。这并没有特别的情形，只是灰烬中的星火而已。我们是要说明这故事的人物的怪癖，我们也不必再往下解释，因为这也不比重述伟大的诗人和渺小的游客对于威尼斯的描写更容易忍受。这篇故事的旨趣只是在于证明人类生活的显著的对立：在这里一些人物身上，可以看到的大部分居民所有的伟大和渺小的对立。

威尼斯的贵族和热内亚的贵族正如古代波兰的贵族似的，他们并没有头衔。只要自称为桂林尼，铎利亚，布列额尔，莫罗西尼，苏里，莫先尼古，费赤，高尔那罗，斯波诺拉，这就是最高的骄傲了。一切的事物都会腐化，今天有的家庭已经有了头衔。不过，在特权阶级的共和政府的贵族们都是平等的时期，完全统治阿马尔非的热内亚的铎利亚家倒有一个“亲王”的衔头，威尼斯也有一个类似的头衔，华勒斯亲王，因为承继古代的甘因·发西诺而得到的权利。后来变成统治阶级的葛杜马尔地一家，很晚的时候才占据了摩那哥。甘因长房的后裔，在共和政府崩溃之前三十年因为相当严重的罪状而受罚，就在威尼斯失踪了。

恢复这名义上的亲王国的麦米·甘因，在 1796 至 1814 年之间的悲惨时代里，陷进了赤贫的地步。这一世纪二十年代的时候，他们只由一个名叫爱米里奥的青年去代表，同时还有一个大运河的最美的装饰品，他的宫殿。这位代表美丽的威尼斯城的孩子所有的一切财产就是这毫无用处的宫殿，和坐落在勃兰达河岸的一所别墅的收入一千五百佛郎的年租。这所房子是他的祖先从前在地产里所有的，后来卖给奥地利政府的财产的唯一的遗留。这笔养老金使美丽少年爱米里奥不必忍辱去接受奥地利政府根据契约给赤贫的罗马贵族每天廿苏的津贴，正如一切的贵族似的。

冬天初来的时候，这位年青的贵族还住在前一春天让卡丹尼奥公爵夫人买去的一座坐落在持里罗安地方的阿尔卑山麓的别墅里。巴拉地奥给皮波罗建筑的房子是一所最纯粹的四方形的高楼：一条大梯，四面的云母石廊庑，带有画壁和各种精美轻快图像的穹窿的列柱，丰丽的装饰；不过这些修饰都是配合得宜的，是用女人支持艳装一样的悦目的轻松来支持的。总之，这是威尼斯所特有的毕亚齐达的高官的清雅的贵质。精巧油漆使寓所里生出一种可爱的清凉空气。外面油漆壁画的走廊形成了反射窗。到处都有威尼斯的石子路，雕琢过的云母石都变成了永恒的花朵。正如意大利的宫殿一样，家具都带有最华贵的绸缎和布置咸宜的珍贵的图画，几张所谓方济会修士的热内亚教士的图画，好几张梵西·黎昂拿德、多尔西·卡尔罗、丁多勒多和迪田的图画。层叠的花圃呈出伟大幽美的景象。在那里，黄金都变成了石洞，都变成了巧夺天工的砌石，都变成了仙女建造的土台，都变成了庄严的小林（其中没径的扁柏、三角形的松树、悲哀的橄榄树都已经非常巧妙的和橙树、桂树、覆盆子参杂在一起），都变成了蓝色和朱砂色的鱼类所浮游的清澈的小池。虽然人家可以说英吉利的花园是更好的，但是这些阳伞一般的树木，这些修剪过的水松，这人工和自然配合而生的奢华，这好像不断被风吹动的披肩似的在云母石阶层上慢慢滑流的水帘，这装饰清静住处的镀金的铅人，总之，这在阿尔卑山麓伸出花边的到处可以看到的魁巍的宫殿，这给石块，铜器，菜蔬吹入生命或化为花床的活泼的思想，这整个富有诗意的奢华正好适合一个公爵夫人和一位年青人的爱情，这种爱情是远离残暴的自然的诗工。懂得幻想的人都愿意在这美丽的一架扶梯上，在一只刻有环状浮雕的瓶子旁边去看一个穿红布半身裤的小黑奴一边手在公爵夫人头上打开一把阳伞，一边手牵着她的袍尾，瞧着公爵夫人听麦米·爱米里奥说话。这位穿着迪田画中的罗马元老的服装的威尼斯人那能达不到他的目的呢！唉！在这类似热内亚的要塞的仙宫里，卡丹尼奥公爵夫人是服从维克多琳皇后和法兰西的时装商人的命令的。她穿一件洋纱的袍子，戴一顶稻草帽，穿一双精致的鸽喉鞋，可以让微风吹走的线袜；她的肩上披着一条黑色花边的肩巾！但是有一桩事是巴黎女人所不了解的，巴黎女人紧紧的捆在她们的袍子里，就像敷石棍装在圆鞘里似的，然而这位美丽的多斯岗女郎却自由轻便的穿法兰西的衣服：她已经把这衣服加以意大利化了。法兰西的女人对于她的裙子看得非常的庄严，然而意大利的女子却不大在意，并不防止任何的贪婪的视线，因为她知道用专一的爱情来保护自己，这种感情无论是在她，或是在别人方面却是神圣而严肃的。

早上九点钟左右，卡丹尼奥公爵夫人散步回来，她躺在还留有早餐的残余的桌子前面的沙发上，让她的情人自由观察她的纱袍，没有用任何的姿态对他说："嘘！"另一方面，坐在靠背椅子上的爱米里奥就把公爵夫人的一只手握在他的一双手里，放任的瞧着她。您别问他们是不是互相爱恋；他们太彼此相爱了。他们并不像保罗和佛兰苏丝似的在共同阅读里去互相爱恋；不，爱米里奥都不敢说："咱们念罢！"看见了这两双眼睛从两只绿色的瞳孔中央发出金芒，好像虎斑似的发亮，给眼色灌入一种温和的天星的闪灼，他就觉得自己身里有点激动的情欲，甚至于都使他痉挛了起来。不时不时的，他看着这女郎的黑色的头发在一只金环里，从宽阔的额头的两角露出一对光润的发辫，来倾听自己耳朵里因为几乎要冲破血管的血液的流转而加速的雷鸣，而觉得满足。因为某种精神的现象，灵魂是不是可以这样完全的占据了他的躯体，甚至于都使他不会再觉得有自己的存在，整个的注意这个女人，注意到可以摇荡他的生命源泉的她的任何一句话呢？是的，孤单的时候，一个面貌中等的女人，只要不断的研究她，也会变成超卓威严的，像公爵夫人这样美丽的女人也许会弄到麻醉心里激发的年青人，因为她真的整个吸收了这个年青人的灵魂。

玛西美拉是佛罗兰斯的杜尼家的女承继人，她的丈夫是西西里的卡丹尼奥公爵。她的母亲活着的时候给她订了这个婚姻，目的是要使她富裕，快乐，因为这是佛罗兰斯的生活习惯。她想她的女儿离开修道院步入人世的时候，可以依据爱情的律则完成意大利女人所最注重的第二次的心灵的婚媾。但是玛西美拉已经在修道院里养成了爱好宗教生活的趣味，当她在卡丹尼奥公爵的祭台前宣誓的时候，她就以依据基督教的精神来当他的妻子为满足了。这是一桩不可能的事情，只要娶上一个妻子的卡丹尼奥觉得当丈夫是傻事；等到玛西美拉埋怨他的态度时，他就镇静的告诉她，请她去寻找他的 Primo Cavaliere Servante（第一扈从骑士），而且还给她建议替她带几个人来让她选择。公爵夫人哭了，公爵也就离开了她。玛西美拉瞧着四周压迫她的人世，她的母亲领导她到柏尔哥拉，几个外交的场所，娱乐场，可以遇见年青美丽的骑士的一切的地方去。但是她并没有碰到可以使她喜欢的人，她也就开始到外边去旅行去了。后来，她丢了她的母亲，承继了财产，挂孝举哀，到威尼斯来，在这里看见了走过她的房子前面给她交换一道好奇的秋波的爱米里奥。这一秋波算是说了一切的话。威尼斯人觉得受到电击似的，公爵夫人的耳朵里也恍惚听到一声“找着他了！”似的。

任何的地方，两个谨慎的经验丰富的人总要互相的研究，彼此的察知。然而这两个纯洁的孩子却好像是两个同一性质、一拍即合的东西似的混而为一了。玛西美拉不久就变成了威尼斯女人，她购置了她在卡那勒儿奥河岸上所租到的宫殿。后来，因为不知道怎么样应用她的收入，她又买了黎发尔达，就是这时候她所居住的别墅。由芜尔巴都夫人介绍给卡丹尼奥夫人的爱米里奥整个冬天都非常恭敬的到他的女朋友家里来。任何的爱情都没有这两个灵魂心里的爱恋那样的强烈，也没有他们的表现那样的懦怯。这两个孩子都在彼此之前颤栗。玛西美拉一点儿也不娇冶。她忙于微笑，忙于说话，她崇拜她的威尼斯青年，这个脸孔尖锐，长薄鼻、黑眼睛的带有一只高贵额头的年青人；虽然有她的天真的鼓励，这个年青人只在花了三个月的工夫来彼此熟识之后才到她家里来的。夏天打开了他那东方的天空，公爵夫人埋怨说不愿意一个人到黎发尔达去。既快乐又骇怕两个人之间的头对头的闲谈，爱米里奥总算是陪了玛西美拉到她的别墅去了。这可爱的一对情人已经在这里住了六个月了。

玛西美拉二十岁了，虽然她并没有什么悔疚，她也没有消除她对爱情的宗教上的疑惧；然而她却渐渐的缴械了，而在爱米里奥握住她那只高贵的、滑润的、洁白而带有染色的指甲（好像她曾从亚细亚收到苏丹的妃嫔用来涂染指甲的红色胭脂似的）的长手时，她也祝愿去完成她母亲所吹嘘的心灵的婚媾。玛西美拉所不知道的一种使爱米里奥极度苦痛的不幸，忽然降落在他们的中间。玛西美拉虽然年青，但是她却有神话里没有提到情人的唯一女神珠侬所有的庄严，因为迪安恩女神也曾被爱过，这贞洁的迪安恩女神！只有耶必达天神能够在她的前面没有失去他的风度，许多的英吉利贵妇都是拿他来当模范的。爱米里奥把他的情妇放得太高，他不能够接近她。也许一年之后他就不会再有这种只打击年青人和老年人的高贵的病态。但是，超过目的的人跟没有达到目的的人都是离得一样远的，公爵夫人觉得她是隔乎一个清楚自己是远离目的而不再思念的丈夫和一个用天使的白翅膀快速的飞过目的而不能再回头的情人之间。

玛西美拉感到被爱的幸福，她享受着一种欲求，而没有想像它的结果；然而她的情人却在幸福里感到不幸，不时不时的带领他的年青的女朋友走到女人们所谓的“地狱”的边缘，看到自己不得不采集这边缘的花朵而只能够折除花朵的树叶，心里隐藏一种他所不敢吐露的疯狂。两个人每天早上都出去散步，重复的唱着情歌，正如树上巢里的飞鸟的讴咏似的。回来的时候，年青人的地位只能够用画家所画的只有头脑和翅膀的天使来比拟，他觉得他的爱情非常的强烈，他甚至于都怀疑了公爵夫人是否整个的忠实于他，因而要引她来说：“你要什么证明呀？”

这句话是用庄严的态度说出来的，麦米也就热烈的吻着这只纯洁的手。忽然间，他站了起来，自己生了气，把玛西美拉扔下。公爵夫人仍然懒洋洋的留在沙发上，可是她却在那里哭了，她自问为什么这样的美丽年青还不能够取悦爱米里奥。在他一方面，可怜的麦米就胡里胡涂的把头碰在树枝上，好像蒙上眼睛的小鸟似的。这时候一个仆人正来寻找这位威尼斯青年，跟在他后面跑，给他递过一封快信。

他的唯一的朋友王特拉明尼·马尔哥同时又称为王特拉明，因为威尼斯方言可以取消某些语尾。这位朋友告诉他华勒斯的亲王甘因·发西诺·马尔哥死在巴黎医院里。亲王的死证已经到来了。所以，麦米·甘因一家就变成了华勒斯的亲王。在两位朋友的眼睛里，一个得不到金钱的头衔原不算什么，王特拉明又告诉爱米里奥关于著名的男高音歌咏家热诺瓦斯和著名的丁地小姐在飞尼丝戏院演唱的消息，认为比前一报道还为重要。爱米里奥没有念完信，就把他搓成一团，扔在口袋里，他跑来告诉卡丹尼奥公爵夫人这个大消息，忘记了他所要得到的头衔上的承继。公爵夫人不知道丁地小姐所以引起意大利人的好奇的怪异的故事，亲王就用几句话对她说了一番。这位著名的歌女只是旅馆的一个简简单单的女仆，她的歌喉曾经惊动了在旅行的一位西西里大贵族。这位美丽的女孩子那时只有十二岁，她的嗓子实在是天生的清润，大贵族也就有坚强的信心要培植这个小姑娘，正如路易十五当年想要教养罗蔓小姐一般。他忍耐的等待着克拉拉的嗓音能够得到一个著名的教师的训练，等待她到十六岁能够运用这培养所生的一切法宝的时候为止。前一年春天，丁地小姐倾倒了最难于满足的三个意大利都会。

“我确信这个大贵族一定不是我的丈夫。”公爵夫人说。

一会儿，马匹就驾驭好了，卡丹尼奥夫人也就立刻动身到威尼斯去参加冬季娱乐场的开幕典礼。

十一月的一个美丽的黄昏，新任的华勒斯亲王就这样的横渡了麦斯特和威尼斯之间的航路，在标明海关让给船夫的道路的许多涂有奥地利国徽的柱子之间航行。可怜的爱米里奥一边看着由穿制服的仆从驾驶的卡丹尼奥夫人的长扁形的小船在他前面几箭路的海水上行驶，一边就让当年威尼斯还很繁荣的时候给他父亲驾驶船的老船夫替他驾驶，他不由得想起了他的衔头所给他引起的苦恼。

“这家产真是太笑话了！当亲王而只有一千五百佛郎的年

收……占有世界上最美丽的一所宫殿而不能够安置一些奥地利的法规刚公布不能出让的云母石、楼梯、图画和碑碣！住在一排价值一百万的苏木椿上而没有动产！当了豪华的回廊的主人而住在那用麦米家早在罗马帝国时代就已经征服过的莫勒带回的云母石盖成的最后的花卉图案形柱头上面的一间房子里！在威尼斯最美焕的一所礼拜堂里看见到坐落在挂满迪田的、丁多勒的、两位巴尔马的、柏林尼的、微郎纳斯的图画的祈祷室里，珍贵的云母石墓上他的祖先的雕像，而不能够卖给英吉利一个云母石的麦米，来给华勒斯亲王弄到一些面包！热诺瓦斯这著名的男高音歌咏家，他可以在一季的演唱里得到一笔能够让一个跟恺撒和西拉同样古老的罗马元老麦米家的后裔活得幸福的资本。热诺瓦斯能够吸一支印度的雪茄烟，然而华勒斯的亲王却不能够随意抽雪茄烟！”

说着他就把烟头扔在海里。

华勒斯的亲王是在卡丹尼奥夫人家里找到他的雪茄的，他要给夫人送回世界上的奢华；公爵夫人研究了他的一切偏好，她很高兴满足他！他只能够在这里吃一顿饭，宵夜，因为他的钱都得花在他的衣服和飞尼丝戏院的门票上。他而且还得预先提取每年一百佛郎的一笔款送给他的父亲的老船夫，这数目只够得让这船夫吃米过活。此外，他还得付清每天早晨他在福罗里安所喝的黑咖啡的钱；他喝黑咖啡，因为他要支持自己的兴奋到晚上为止，他也计算这恶习的结果就是死亡，正如王特拉明，他，他计算抽鸦片的结果一般。

“然而我是一个亲王！”

说了这最后一句话，麦米·爱米里奥就把没有看完的王特拉明·马尔哥的信扔在海里，这信就跟一个孩子放在水上的纸艇一样的漂流着。

“可是爱米里奥只有二十五岁，”他接着说，“他可以赛过患风痛病的威灵吞爵士，患疯瘫病的摄政王，患羊癫疯的奥地利帝室，法兰西国王……”

但是一想到法兰西的国王，爱米里奥的额头就皱了起来，他那象牙色的颜色就发黄了，泪珠滚出他的黑眼睛，润湿了他的长睫；他用一只配得上迪田的画笔的手翻起他那棕色的厚发，再仰起眼睛瞧着卡丹尼奥夫人的船。

“命运给我开的玩笑，一直都开到我的爱情里来，”他对自己说，“我的心和我的幻想都是充满着宝藏的，然而玛西美拉并不知道；她是佛罗兰斯的女人，她会抛弃我的。当她的声音和她的眼色使我产生人间天上的快感的时候，我却在她身边受到冷漠的待遇！看见她的船在我的船前面几十步路，我觉得人家好像是把我的心放在一块热铁里。一种看不见的液体在我的神经里流转着，焚烧着，一片云雾遮住我的眼睛，我觉得空气里有前些日子阳光透过红绸的活帘，我偷偷的看着她跟黎昂拿德·丽沙·玛娜一样的嫣然微笑的发怔时黎发尔达所有的空气的颜色。我的亲王头衔不是拿手枪来结束，甘因的子孙就得跟随他的老卡尔马额拉的劝告：我们可以当水手，当海贼，逍遥自在的看看自己被人吊死之前还能够活上多少时候。”

亲王又抽了一支雪茄，他欣赏着被风吹动的烟缕的图形，好像要从烟缕的情态里去看他的最后思想的重现似的。远远的，他已经分辨出遮盖他的宫殿的莫尔式的尖端：他又变成悲哀的。公爵夫人的船在卡那勒几奥里失踪不见了。象征他的爱情结局的浪漫危险的生活的幻想跟他的雪茄烟同时消灭了，他的女朋友的船也已经不再给他指示他的路向了。于是他就看到了现实的情况了：一座没有灵魂的宫殿，一个不能影响躯体的灵魂，一个没有金钱的王位，一个空虚的躯体，一个充实的心灵和成千的令人失望的矛盾。薄命的年青人痛哭他的古老的威尼斯，正如王特拉明尼更苦楚的痛哭这古城似的，因为同样深切的彼此的悲哀和同样的命运已经给这两个大家庭的后裔，这两个年青人发生了彼此的热烈的友情。爱米里奥不能够不想到麦米宫殿的一切窗户吐出万条金光，笙歌之声远播阿特利安海波之上的日子，人家看见他的水柱上拴着无数游艇的日子，人家听见潮水涨溢的石阶上共和政府的风流面具和权贵成群结队的拥塞着的日子，他的客厅和他的走廊充满着阴谋家和被人暗算的人众的日子，他那设置无数谈笑风生的桌子的餐厅和乐音盈耳的周围临空的回廊，好像有全威尼斯的人在欢笑喧嚣的楼梯上来来往往的走着的日子。上等的艺术家的凿子曾经一世纪一世纪的雕琢着那时候用来支架从中国买来的长颈大腹的花瓶和千盏灯的烛台的铜座。每一个国家对于他的奢华也都有所贡献，给他装饰了墙壁和天花板。然而今天，这些脱了美丽的布块的墙壁和悲惨的天花板却默然的流泪了。这里已经没有土耳其的地毯，没有加饰花枝的大灯，没有雕塑，没有图画，没有欢乐，没有金钱这快乐的工具了！威尼斯这中世纪的伦敦，他已经一块石头一块石头，一个人一个人的倒下来了。

这时候海水在宫殿底下抚养的草地，在亲王的眼睛里只像是自然界在那里标出死的符号的一块黑色的流苏。总之，一个英吉利大诗人来到威尼斯，仆倒在上面，就像是乌鸦飞扑死尸似的，要给他歌咏一首抒情诗，在这社会的最初和最后的语言里，歌唱“在地狱里！”的诗句。英吉利的诗歌而投在产生意大利诗词的城市里！……可怜的威尼斯。

请您想一想一个浮游在这些思念里的年青人是怎么样惊愕的听见卡尔马额拉喊道：

“王爷，宫殿烧了，要不然就是古时候的政府头目回到那里来了……您瞧，高高的回廊上的十字窗都透出光亮来呢！”

爱米里奥亲王以为他的梦幻已经由神杖给他实现了。夜幕下垂的时候，这个老船夫居然能够把船拴在第一个阶层上，让他的年青主人登岸，而不至于被任何在宫殿里忙碌的人所撞见（其中还有一些人在石阶上就跟蜜蜂在窝里嗡嗡作响似的喃喃私语）。爱米里奥溜进了盘旋着威尼斯最美丽的扶梯的庞大的回廊里去，敏捷的穿了过去，要去认清这奇怪的景象的原因。许许多多的工人都忙着完成这宫殿的家具和装饰。配得上古代威尼斯的繁华的第二层楼给爱米里奥的眼睛呈露出他前一刻钟所幻想的事物，而且女神也给这些事物赋上一种最为幽雅的趣味。配得上一个新兴的国王的宫殿的繁华，一直可以从最微细的地方揭露出来。爱米里奥踱来踱来，没有人注意到他，他也越来越惊异的走着。他好奇，要知道第三层楼上面所发生的事情，就登上了楼，发现那里的家具都已经安置停当。术士所派遣来给一位穷苦的意大利亲王复演《一千零一夜》的奇迹的陌生人撤换了最初带来的寒伧的家具。爱米里奥亲王走到了寓所的卧室里来，这卧室就像维纳斯女神从里头走出来的海螺似的对他微笑，这卧室未免太美丽了，太鲜艳了，太媚人了，太雅致了，他就走去埋在一张镀金的木靠椅里，椅的前面已经排设好可口的冷餐；他也用不着什么手续，就开始吃了。

“我觉得世界上只有玛西美拉一个人会想到这样的宴席。她已经知道我是亲王；也许卡丹尼奥公爵已经死了，给她留下这许多财产；所以她已经比从前又富上两倍了，她会嫁给我的，而……”

于是，他就吃得可以让一位抱病的百万富翁看见他狼吞虎咽这宵夜就对他生起怀恨之心的地步，他痛饮上等的博尔多酒。

“现在，我懂得她对我说‘晚上见！’的时候所取的态度了，也许她要来给我解除蛊惑哩。多美的床啊！在这床里又是多美的灯笼啊！……嘿！一把佛罗兰斯的女郎的宝剑。”

世界上有许多身体强健的人，极端的幸福和不幸都可给他们产生一种催眠的作用。这位年青人相当的强壮，可以让他去把一位情妇理想化到不再被他看做是女人的地步，财产的突然降临应当有鸦片烟的效果。亲王喝了一瓶博尔多酒，吃了半只鱼和一些法兰西的酱肉之后，就非常想要睡觉，也许他是在双重的沉醉的夹攻之下。他自己翻动了被窝，预备了床，到一间美丽的化妆室里去脱了衣服，就躺在床上去思索他的命运。

“我忘记了这可怜的卡尔马额拉，”他对自己说，“但是我的厨子和我的买办一定会给他赏钱的。”

这时候一个女仆滑稽的走了进来，嘴里低唱着塞维尔的剃发匠的歌调。她把女人的衣服，一套睡觉的衣衫投在一张椅子上，嘴里说：

“他们回来了！”

一会儿之后，事实上就走进来了一个穿法兰西衣装的少女，她可以被人看做是英吉利人为《别忘记了我》、《美人国》、《美典》而发明的奇异的插画的原形。亲王又恐惧又快乐的颤栗着，因为，您知道，他爱玛西美拉。无论这爱情的信心怎么样的煎熬他，怎么样的当年给西班牙感应图画，给意大利感应圣母像，给米赤儿·安慈感应雕塑，给基柏尔地感应浸礼殿的门户，情欲总用罗网来包围他，欲望也激动着他，而没有在他心里散布卡丹尼奥夫人的一个眼色或是她的一句话语给他注射的这种热烈的以太素。他的灵魂，他的心坎，他的理性，他的一切的意志都不允许他去接受虚伪的爱情；但是暴虐的，偏情的，虚伪的爱情却统制着他的灵魂……这个女人并不是一个人来的。

亲王看见一个人物，这种人物当我们崇拜他们而把他们从现实的状态移入一种多少含有文学意味的幻想的状态里之后，谁也不会相信有他们这种人的存在。正如拿波尔人一样，这位陌生人穿的衣服有五种颜色，要是我们可以把黑帽子也算他一个颜色的话：裤子是橄榄色的，红色背心的扣子发出金色的光芒，上衣近于绿草，衬衫染上黄莲。这个人好像要给热罗拉模总拿来放在傀儡戏幕景里的拿波尔人当个标本似的。

他的眼睛似乎是玻璃制的，鼻子好像是三叶形的剜饰，高高的突出，这鼻子而且还用纯洁的性质盖住了一个孔洞，要是我们说这孔洞是嘴的话，这就未免太侮辱他了，这孔洞上显出三四根运动灵敏的白色长牙，互相的重叠着。耳朵屈服在自己的重量之下，使这个人跟野狗有个奇怪的类似。漆黑的肤色让人疑心有许多金属在什么喜波克拉特的命令之下被人注入他的血管。额头是圆尖的，上面胡乱的盖些稀少的，类似吹气的玻璃纤维一样垂下的扁平的头发，下面接着浅红凹凸的忧郁的脸孔。总之，这位先生虽然是清瘦的平常的身材，他却有悠长的手臂和宽阔的肩膀；虽然他是这样可怕的，虽然您会说他有七十岁的模样，他却并没有缺乏某种单眼神的庄严；他有贵族的风度，他的眼睛表现出富人的安舒的神色。有恒心来研究他的任何人都可以在这变成一身泥泞的高贵的陶土里看到用爱情写成的他的历史。您可以猜想他是一个大贵族，幼年时就很富裕，把他的身体出卖给放荡的生活，去追求过分的欢娱。放荡的生活破坏了这人类的自然结构，而依据习惯给他制造了另外一个组织。几千瓶的酒曾经在这粗大的紫色的鼻梁下面流过，而在嘴唇上留下酒脚。长期的累人的消化拔走了多半的牙齿。眼睛因为赌桌的灯光而变成苍白的。血液溢满了改变神经系统的秽污的元素。消化作用吸收了他的理智。总之，爱情拔除了年青人的晶亮的头发。在这贪婪的承继人身上，每一个恶习都在这行尸走肉上留下它的记号。要是我们研究自然界的话，我们就可以在那里发现许多极乎精巧的讽讥；例如，自然界把癞蛤蟆放在美丽的花朵旁边，正如公爵在这爱情的玫瑰花旁边似的。

“今天晚上您要玩提琴吗，亲爱的公爵?”女人一边说，一边

解开了悬带，让一块伟大的门帘垂下门来。

“玩提琴!”爱米里奥亲王对自己说：“她说些什么啊？人家拿我的宫殿来干些什么呀？我醒着吗？我原来是在这个女人的床上，她还以为是在她家里哩。……她脱下她的头帕了！我真的跟王特拉明似的抽了鸦片吗？我是在一个把威尼斯看成三百年前的美城的梦境里吗?”

陌生的女人坐在烛火照耀之下的她的夜装前面，她非常冷静的卸下她的装束。

“给珠丽亚拉铃罢，我不耐烦脱衣服哩。”

这时候，公爵看见被人侵犯的夜宴，他在卧室里巡视了一下，看见亲王的裤子排在床边一张靠椅上面。

“我不拉铃啦，克拉铃娜!”愤怒的公爵用尖锐的声音嚷着。“我今天晚上不玩提琴，明天也不玩，永远也不玩。……”

“哒！哒！哒！哒!”克拉铃娜唱着一个音阶，每一次都是黄莺一般轻捷的从一个倍音改到另外一个倍音。

“无论这声音会怎样的使你的妒忌的圣母克礼尔变成圣女，您都未免太无耻了，贱骨头!”

“您并没有教养我来听这一类的话啊。”她骄傲的说。

“我教过您在您床里藏上一个男子吗？您不配来接受我的恩惠，也不配来接受我的愤恨……”

“在我床里藏上一个男人!”克拉铃娜一边嚷着，一边奋激的转过身来。

“他而且还跟在家里似的吃了我们的宵夜，好像就在他家里似的。”公爵加上一句话说。

“可是，”爱米里奥嚷着，“我难道不是在我家里吗？我是华勒斯的亲王，这宫殿是我的产业。”

说这些话的时候，爱米里奥就在床褥里坐起，从华丽的被窝里探出他那美丽高贵的威尼斯人的头。克拉铃娜先发出少女们遇到意外的喜剧时所有的疯狂的谑笑。但是当她注意这个虽然穿得简单而非常美丽的年青人时，她就停止不笑了；绞缠爱米里奥的同样的热狂袭击了她，因为她没有爱过任何一个人，任何的理由都不能够约束她这钟情的西西里女郎的幻想。

“要是这宫殿确是麦米的宫殿的话，王爷殿下也会愿意离开他，”公爵用彬彬多礼的冷淡讥笑的态度说，“我是在这儿我的家里。……”

“您得知道，公爵先生，您是在我的卧房里，不是在您的卧房里，”克拉铃娜从昏迷里醒了过来，说，“要是您对我的品行有所怀疑的话，我就请您给我留下我的罪行所应有的权利……”

“怀疑吗！您说，我的朋友，这是确证……”

“我跟您发誓，”克拉铃娜答辩说，“我是无罪的。”

“可是我在这床里看见的是什么东西呀？”公爵说。

“啊！老糊涂！要是你以为你看见比我说的还要多的东西的话，”克拉铃娜嚷着，“你就不爱我！请你滚蛋，别搅我的耳朵！您听见了吗？出去，公爵先生！这位年青的亲王会还您我花费您的一百万，要是您坚持的话。”

“我一个子儿也不会还他的。”爱米里奥低声说。

“呃！我们没有什么可还的，花一百万得到丁地·克拉铃娜真不算多，尤其是人家这样的丑……算了罢，出去，”她对公爵说。“您辞退了我，我，我也辞退您，咱们清了账了。”

老公爵做了一个姿势，好像要抵抗使丁地得到名声的扮演西米拉米的姿态所表现的命令，这个“第一歌女”就奋身朝着老猴奔去，把他赶出门外。

“要是今天晚上您不让我安静的话，我们就永远不必再见面了。我的‘永远’比您的‘永远’更靠得住。”她对他说。

“安静!”公爵苦笑的说，“亲爱的偶像，我觉得这是我给您留下的‘快板。’”

公爵出去了。这无聊的举动并不使爱米里奥惊愕。一切习惯于选择爱情的特殊趣味而适合他们的天性的人都知道任何的考虑都不会阻止一个钟情种子。丁地好像小鹿一样的从门上跳到床前来。

“穷苦的，年青的，美丽的亲王！可是这一篇关于仙女的故事……”她说。

西西里的女郎用使人想到野兽的自由，植物的向阳性，或是细枝在风前的飞舞的动作的温柔躺在床上。她一边解开她的袍子的袖饰，一边开始歌唱，但是她的歌声并不是专为飞尼丝戏院的喝彩而有的声音，而是情欲所扰揽的腔调，她的声音是一种可以给心灵带去爱情的抚摸的微风。她偷偷的瞅着跟她一样不知所措的爱米里奥，因为这位歌坛女星已经没有让她送走公爵时激发她的眼睛，姿势和嗓音的胆量；不，她是跟多情的妓女一样的谦卑。

为着想象丁地起见，我们就得看一看那时候意大利人在鲁物瓦街的戏院里所演唱的卡尔西亚的歌剧《手帕颂》里初次公演的一个法兰西最著名的歌女！她太美丽了，一个没有能够让她来听他说话的可怜的亲卫兵甚至于都会因为失望而自杀。飞尼丝戏院的第一歌女也有同样的精细的表情，同样的风流的姿仪，同样的青春的年龄，然而却富有润湿她的美丽的西西里的热烈的颜色；而且，她的声音是更丰富的：她还有意大利女郎的轮廓所特有的这种尊严的气度。丁地的名字跟法兰西歌女所虚构的名字很相类似，她才十七岁，而穷苦的亲王也只有二十三岁。到底是那一个神手这样开玩笑的投下了这样近于炮弹炸药的烈火呢？一间馨香的卧房，铺着浅红色的绸缎，燃着光亮的烛火，一张饰有花边的床，一所清静的宫殿，威尼斯！两个青年男女！两个美丽的青年！

一切的幸福都结合在一起。

爱米里奥拿了他的裤子，跳出他的床，躲到化妆室里去重新穿上他的衣服；回来的时候，他就快速的朝着门上奔去。

这是他穿衣服时所说的话：

“玛西美拉，亲爱的杜尼家的小姐，这一家是意大利的美丽的承继，你，你没有否定拉发埃尔为他的光荣而一手画成的稀贵的绢素，玛尔格里达的肖像！我美丽的神圣的情妇，从这花洞里逃了出去，这难道不是给你效劳吗？要是我滥用了我那完全属于你的心灵，我还配得上你吗？不，我不会陷进了我的叛逆的感觉给我布置的庸俗的陷阱。但望这公爵是属于这个女人的，属于我的应当是我的公爵夫人！”

当他打开门帘的时候，他听到一声叹息。英勇的情郎转过身来，看见丁地伏在床上，呜咽啜泣。您能够相信这个吗？歌女跪在床上掩住脸孔时，要比脸孔含羞发亮时更为美丽。她的头发披散在肩膀上，她那马德莲一般的姿势，她的蓬乱的衣服，这一切的一切都是魔鬼所安置的，您知道，魔鬼是个大彩画家啊。亲王搂住可怜的丁地的腰，她跟水蛇一样的躲开，在他的一只脚旁边转过身子，用令人敬慕的肉块软软的压住这只脚。

“你可以告诉我，”他一边说，一边摇动他的脚，从她身下脱了出来，“你怎么到我宫殿里来吗？可怜的麦米·爱米里奥怎么……？”

“麦米·爱米里奥？”丁地重新起来，嚷着说，“你就自称亲王吗？”

“从昨天起我是亲王。”

“你爱卡丹尼奥夫人！”丁地一边说，一边憎恨打量他。

爱米里奥继续缄默，他看着第一歌女在唏嘘微笑。

“王爷殿下不知道教养我登台唱歌的这个公爵……就是卡丹尼

奥他自己；您的朋友王特拉明以为是帮您的忙，他把这座宫殿租给公爵，让他在飞尼丝演唱的期间住在这里，给您弄到一千厄古钱。——我的心肝，”她一边对他说，一边握住他的手，把他拉近她自己，“为什么你要避开人家都要为她粉身碎骨的这个女人呢？你瞧，爱情总永远是爱情，爱情到处像爱情，它是我们的灵魂的阳光，人家可以在它照耀的地方取暖，我们现在也正像是在正午的时刻似的。要是你明天不满意我的话，你再杀死我！可是我一定会再活下去的，好！因为我是太美了。”

爱米里奥决定留下。当他用一点头来表示同意的时候，激动丁地的快乐动作，就好像是有一道地狱里迸发而出的微光照耀着似的。他从来没有看见过这样伟大的爱情的表现。

“这对我能够有什么害处呢？”亲王对自己说。

爱米里奥被爱情征服了，他一点儿也没有听见卡尔马额拉继续不断的吹哨子的声音。

要是您没有游历过瑞士的话，也许您会高兴来读这段描写；要是您曾经攀登过这些阿尔卑山岭的话，您就不会没有惊惧的回想到他们。在这卓越的国度里，在这溪谷穿裂的石岩，这到处崎岖的百丈深谷的宽若巴黎奈伊路的道路里，您可以碰到一脉流泉从圣戈太尔，或桑布浪，或那一个阿尔卑山的顶峰上降落下来，找到一个庞大的水井，不知道有多少丈深，几丈长，几丈宽，旁边都是缺口的花岗石堆，石堆的上面，·石堆的中间，您可以就近看见到许多松树，许多榛树，同时也可以看到杨梅和紫萝兰，有的时候，您可以看到一个木屋的窗口露出一个金栗发的瑞士女郎的清丽的脸孔；依据天色的变化，这井里的水也随时变蓝或变绿，不过这是蓝玉的蓝，碧玉的绿罢了。好，世界上的任何东西都不能够像这流质的金钢钻那样的给旅人一个悠闲的印象，给外交家一个忙迫的印象，给杂货商一个诚实的印象，让人领略到深刻，平静，伟大，神圣，永远的幸福等等观念。这里，阿尔卑山峰滚下的雪块就从一条隐在树林底下，穿在岩石中间的天然的水沟里像清澈的泉水一样的流，没有声息的流出了石缝；水帘在重叠的洞窟上这样慢慢的滑着，您甚至于都不能够在车辆经过的地方看出任何的动乱。这里有许多马匹受到两下鞭笞；人家转过一块岩石，穿过一条小桥，突然间又有互相翻击的瀑布发出怒哮，从水闸里喷出的急流化成无数的飞泉，粉碎在成千的粗暴的石子上；百来条水龙吐出万朵火花，射上控制山谷的顶峰降落下来的岩石，这岩石则刚好降落在最可敬畏的伟大的力量，氢化硝，所开辟的街道的中央。

如果您看清楚这山景的话，您就可以在这酣睡的清泉里得到爱米里奥爱恋公爵夫人的印象，在这飞跃的瀑布里得到他跟丁地的一夜风流的印象。在这爱情的狂澜的中央耸立着一块岩石，水波到来，就被这岩石打得粉粉碎碎，亲王跟西西夫①似的，他永远在岩石的下面。

"卡丹尼奥公爵拿他的提琴干什么呢?"他对自己说："这交响乐是不是他赐给我的呢?"

于是他就给丁地·克拉拉打开他的心。

"亲爱的孩子……（她认得亲王是个孩子）亲爱的孩子，"她对他说，"这个人在罪恶的世界里混了一百一十八年，在教会的名册上登记了四十七年，然而他在世界上却只有一个最后的欢乐，使他觉得他还有生命。是的，他的一切丝弦都断了，他的一切都是废墟和褴褛，他的灵魂，他的理性，他的心灵，他的神经，一

---

① 西西夫（Sisyphe）是哥林多国王的儿子，打家劫舍，无所不为，死后被罚在地狱里搬运巨石至山岭，这石块不断的重新堕落下来，他也就不断的搬运。

切可以用欲望和欢乐的火候使男子产生活力，使他附属于天国的成分都不是因为音乐的无数效果中的一个效果而隶属于音乐，而是因为四个声音的完全的调和，或一个嗓音和他的提琴的高音弦的配合。这老猴，他坐在我身上，拿着他的提琴；他弹得不错，他试着琴音；我想方法摹仿他，调音调了相当长，等于歌声和琴声融会在一起，分不出那是提琴的声音，那是我嗓子里发出的声音时，这个老头儿就迷迷糊糊的，从那死人一般的眼睛里射出最后的烈火，他是幸福的，就跟醉汉一样的在地下滚成一团，这是他所以高价偿付热诺瓦斯的原因。热诺瓦斯是唯一能够配合我的高音的男高音歌咏家。有的时候我们真的每天晚上接近过一两次，有的时候，公爵就只这样的想象；为着这想象的欢乐，他就约了热诺瓦斯，热诺瓦斯是属于他的。任何的戏院经理都没能够使这个男高音歌咏家没有我而歌唱，或是使我没有他而高歌。公爵养育我来满足他这偏情，我的才能，我的美丽都是他的赐予，我的财产更是如此。听觉是他的机能消灭了之后所留下的唯一的官觉，他也靠此而悬上生命的丝弦。从这根源上，发出了一个活的冲动。人家告诉我许多男子都有这情形；但望圣母们保佑他们，你可不是这个样子的！你要你所要的一切，同时也要我所要的一切，我知道。”

清晨的时候，爱米里奥亲王蹑手蹑脚的走出了卧房，他发现卡尔马额拉横卧在门上。

“王爷，”船夫说，“公爵夫人吩咐我给你交上这一封信。”

他给他的主人递上一张折成三角形的美丽的信笺。亲王觉得脑袋发昏，他就进来躺在靠椅上，因为他的眼睛发黑着，他的手发抖着读这封信：

“亲爱的爱米里奥，您的船夫停留在您的宫前，您难道还不知道卡丹尼奥已经替丁地租了这宫殿吗？

要是还爱我的话，从今天晚上起就请您到王特拉明里家去，他说他已经替您在他家里预备一个寓所。我得怎么办呢？我得在我丈夫和他的歌女前面留在威尼斯吗？我们得一块儿动身到福里乌去吗？请您给我回一句话，只望告诉我您扔在海里的是什么信。

杜尼·玛西美拉

笔迹和纸香都给年轻威尼斯人的灵魂唤起了万千的回忆。独一的爱情的太阳把他的强烈的光芒射在远处飘来而结在无底的深渊里，好像天星一样闪灼的蓝色波涛上。高贵的孩子不由得泪如雨下；因为，满足了官觉之后的疲惫使他没有力量去抵抗这神圣纯洁的打击。克拉铃娜在梦里听到他的泪声；她从床褥里坐起，看见她的亲王的苦痛的态度，就赶快跪在他脚前，抱着他的脚，吻着。

“人家老等回信哩。”卡尔马额拉打开门帘说。

“贱货，您毁了我！”爱米里奥一边嚷，一边用脚摇动丁地。

她用这样真挚的爱情紧抱着他，用啜泣的撒马利亚女人的眼色恳求他让她解释，爱米里奥甚至于都气愤自己还在这个使他堕落的情感里纠缠着，他就猛踢一脚，推翻了歌女。

“你说我可以杀死你，你就死罢，你这狠毒的野兽！”他喊道。

然后他就走出他的宫殿，跳上他的小船。

“划罢。”他嚷着对卡尔马额拉说。

“划到那儿去呀？”老头儿说。

“你要到那儿去就到那儿去。”

船夫猜出主人的意向，他就在卡那勒儿奥里拐了无数的弯，把他带到一个伟大的宫殿的门前；要是您到威尼斯去的话，您一定会敬仰这宫殿的，因为任何一个外国人看见了这赛过一切幻想，带有盖得很奇怪的花边似的阳台的各种装饰的窗户，看到了这连接着幽雅的弯曲长柱的宫殿的壁角，注意到这偏情的雕鉴所刻划的找不到花卉图案形的石阶时，都不会忘记来停舟观摩。这宫门是多美丽的啊！接通楼梯的长穹窿是多神秘的啊！谁不会惊叹这些由智巧的艺术为将来的威尼斯而设置一张土耳其式的地毯，然而却在一块白色云母石里嵌入各种轮廓的石块的阶层呢！您一定会喜悦装饰这些贵族宫殿的镀金的摇篮，在您上面攀爬，使伟大的艺术品都在您的脚下和您的头上飞舞的美妙的奇观。多温和的阴影啊，多清静，多新鲜的景色啊！但是在公爵夫人为着取悦爱米里奥和他的朋友王特拉明而搜集古代的威尼斯家具，精巧的手艺已经恢复了天花板的老宫殿里又是如何的严肃啊！威尼斯整个的复活了。不但奢华的陈设是高贵的，而且有教育的意义。考古学者可以在这里找到中世纪以威尼斯为代表的美的模特儿。人家看见许多盖有杂色底金色花纹或是金色底杂色花纹的图案的天花板和镀金的假漆的天花板。这种假漆天花板的每一边都呈出画有许多人物的景致，中间都有美丽的壁画：这是这样破费的壁画，甚至于罗佛尔宫都没有藏上两张，而路易十四的排场也不敢为凡尔赛宫这样的浪费。到处都是云母石；木块和布料都拿来制造珍贵的物品。爱米里奥推开了一扇雕刻的橡树的门，穿过了威尼斯的宫殿每层都有的横贯全楼的长廊，来到了另外一扇使他心悸的著名的门前。看见了他，侍女就从一间大厅里走了出来，让他走进一间书房里，他发现公爵夫人在这里跪在圣女像之前。他来给她赔罪道歉，请求她宽恕。正在祷告的玛西美拉使他改变了。这心里除他和上帝以外没有其他的东西！公爵夫人简朴的站了起来，向她的朋友伸出她的手，然而亲王却没有握它。

“昨天基安巴特斯达难道没有碰见你吗？”她对他说。

“没有。”他回答说。

“这相左叫我昨天夜里真不好过！我只怕您逆忤了公爵，我认识他的凶恶！王特拉明真是甚么好主意，把您的宫殿租给了他！……”

“他的主意的确不错，美拉，因为你的亲王不大富裕。”

玛西美拉这样的相信他，她的美丽是这样的伟大，她看到爱米里奥心里又是这样的平静，这时候清醒的亲王就尝味着伤刺活泼的幻想，来到充满奇装艳服的妇女的跳舞会里，忽然发现自己赤身露体一丝不挂的梦境的滋味：愧羞和恐惧轮流的鞭挞他，只有清醒把他从忧虑里解放出来。爱米里奥的灵魂就这样的呈现在

他的情妇之前。一直到此为止，这灵魂都有最美丽的官觉的花朵遮蔽着：放荡的生活把他搁置在卑贱的状态里，只有他一个人知道这情形；因为美丽的佛罗兰斯女郎的爱情有这么多的德性，被她所爱的人应当不能够沾染最小的污点。因为爱米里奥没有接受

她的手，公爵夫人就站了起来，伸出她的手指，插进丁地所吻过的他的头发。她觉得爱米里奥的手潮湿了，她看见爱米里奥的额头出汗了。

“怎么啦?”她对他说，柔情使她的声音生出笛子一般的清和。

“我从来没有比我现在更清楚我的爱情的深度。”爱米里奥回答说。

“好，亲爱的，你要什么呢?”她接着说。

听了这句话，爱米里奥的整个生命都收缩在他的心里。

“我做了甚么，给她引出这句话呀?”他心里想。

“爱米里奥，您到底拿甚么信扔在海里呢?”

“我没有看完的王特拉明的信；不然的话，我也不至于在我宫殿里碰到公爵了，这封信一定告诉我这一切故事。”

玛西美拉脸色发白了，但是爱米里奥的姿势又使她放心了。

“请你整天跟我留在一起，咱们可以一块儿到戏院里去；咱们不必到福里乌去了，你在场可以帮助我鼓起勇气看见卡丹尼奥在场。”玛西美拉说。

虽然这在情郎方面是个不断的灵魂上的苦楚，但是他却表面愉快的赞同。如果世界上有什么东西可以让我们想象罪人觉得愧对上帝时心里所感觉的情绪的话，这难道不就是一个还纯洁的青年觉得自己嘴唇上挂有负情的记号，给圣殿带来染有妓女气味的空气时，站在他所尊敬的情妇面前所有的状态吗？巴尔德①曾在他的著作里拿爱情来比拟过天上的事情，他一定跟其他天主教的著作家似的，也曾注意过人间的情爱和天上的爱情的相同，这些苦痛给这个站在情妇身边的威尼斯青年所尝味的愉快散布上一种悲

---

① Baader是十八世纪末年十九世纪初年的德国哲学家，他要调和天主教和哲学。

哀的色调。女人的灵魂有一种难于相信的贪欲，就是要适合情绪；他自加颜色，他颤动的听着情郎送来的音符；公爵夫人于是就变成了昏迷的。娇冶的监所发出的激刺的滋味远不如这温和的情感的结合之兴奋情爱。娇冶表明一种分离，这分离虽是暂时的，却已经令人厌恶；可是心心相印的同情却宣布灵魂的永恒的混合。所以可怜的爱米里奥就受到了使公爵夫人为一个未知的罪过而哭泣的缄默的占卜的感动了。公爵夫人看到自己在爱情的官觉方面没有受到攻击，她就觉得更有力量，她能够逢迎人；她大胆而确信的施展她的天使一般的灵魂的力量，她赤裸裸的把它打开在那里，就像在这荒唐的一夜丁地显示她的娇媚的轮廓，柔软活泼的肌肉似的。由爱米里奥的眼睛看来，在这洁白的灵魂的神圣的爱情和那西西里女郎的兴奋的激动的爱情之间存在有一个竞争。所以这一天的日子就用来在深沉的思考之后交换了无数的悠长的眼色。

两个人都探测自己的柔情的程度，而觉得是无穷的，这是给他们指示许多温和的话语的安全感。贞洁是个神圣的性质，因为爱情而被忘却的时候，他会产生娇冶；看见这两个情人的时候，他也用不着伸手来遮掩眼睛。为着整个的情欲，为着极端的欢乐起见，玛西美拉就把爱米里奥的头靠在她的胸膛，不时不时的用自己的嘴唇给他的嘴唇印上痕迹，不过是跟鸟用嘴啄在清泉里而懦怯的探望是否被人看见似的罢了。他们的思想发展出这个接吻，就像音乐家用千变万化的花样来发展一段乐曲似的；他们心里都产生了一种喧嚣波动的鸣响声，使他们发烧。当然啰，理想是比事实更强烈的；换言之，欲望是比欢乐更不美的，它是更有力量的，它产生欢乐，所以他们有全福，因为幸福的享受往往会减低幸福。他们只在天上结合，这两个情人是在最纯洁的情态之下互相的爱慕，这种形态就是两个燃烧的灵魂在天光里的互相结合，有信心的眼睛所看出的发光的景象，富有无穷的趣味的景象，是拉发埃尔，迪田，穆里罗的画笔懂得描写出来的，是过来人看到他们的结合就会重新找到的。

亲王一边心里想了这些美丽的念头，一边觉得自己颓唐的躺卧在玛西美拉的新鲜白嫩的胸上，受到她那长睫眼的冷淡的目光的顾视，他消灭在这理想的放肆的无限的深渊里。这时候，玛西美拉就变成了因为晨鸡的鸣唱而失踪的梦里的天上仙女，但是您还可以在几张颂天派画家的杰作里，在光耀的天堂内认到她们。

晚上，两个情人一块儿到戏院里去。意大利人的生活是这样的：早上谈爱情，晚上听音乐，夜里睡觉。这种生活方式比那些每一个人都应用他的肺腑和力量去搞政治，而跟砂粒不能够变成尘土一样的不能够改变任何的东西的国度的生活方式真是合式多了。在这些奇怪的国度里所谓自由就是对公共事情的无理取闹，就是自己避免责任，就是浪费精神去管一事比一事愚笨的所谓爱国运动，就是违反可以产生人类的伟大功绩的神圣高贵的个人主义。相反的，在威尼斯，爱情和它的有关事态却是一个花费时间的真正的快乐的甜蜜的工作。在这个国度里，爱情是这样自然的，公爵夫人甚至于都被人看做是个奇怪的女人，因为每一个人都相信她的贞洁，虽然爱米里奥的感情是那样的强烈。所以，女人们都诚恳的惋惜这个可怜的青年，因为他变成了他所爱的女人的贞洁的牺牲品。不过，谁也不敢责骂公爵夫人，因为在意大利，宗教的力量是和爱情同样被人尊敬的。

每天晚上，戏院里卡丹尼奥夫人的包厢都成为人家拿小千里镜来察视的第一个对象，每一个女人都指着公爵夫人和亲王对她的朋友说：

“他们到了什么地步啦？”

朋友观察爱米里奥，要在他身上找到幸福的记号，然而却只发现一个纯洁的悲哀的爱情的表现。全场的男子都一个包厢一个包厢的走了过去，对女人们说：

“卡丹尼奥夫人已经不是属于爱米里奥的了。”

“她错了，”年老的女人们说，“她会叫他懈怠的。”

“Forse!（也许!）”年青的女人们都用意大利人拿来回答世界上的一切问题的这个伟大的字眼来答复。

其中有几位女人发怒了，她们觉得这事情是个坏例子，她们说让她熄灭爱情是误解了宗教。

“亲爱的，您应当爱爱米里奥啊。”芜尔巴都夫人在出口的楼梯里碰见公爵夫人时，低声对她说。

“我已经用我的一切力量爱他呀。”她回答说。

“那末，为什么他不像有幸福的神气呢?”

公爵夫人用轻微的耸肩来回答。

在法兰西，我们都认为这是在那里得势的英吉利的奇癖，我们不会了解威尼斯社会对于这桩事情的追究的严重的态度。只有王特拉明尼一个人懂得爱米里奥的秘密，两个统一家徽而在上面写着“不是朋友，而是兄弟”的格言的男子之间所保守的秘密。

二、极端的享乐

娱乐场的开幕典礼在威尼斯跟在一切意大利的其他都会一样，都是一桩大事：所以那天晚上飞尼丝戏院就全场满座了。

夜里在戏院里所过的五个钟头时间在意大利人的生活里有这么大的作用，我们无妨解释解释这种应用时间的方式所产生的习惯。

意大利戏院的包厢跟其他国家的包厢并不一样，因为到处的女人都希望让人家看见，独有意大利的女郎却毫不在意是不是被人看见。意大利的包厢是一个长方形，平均斜切为两半，一半朝向舞台，一半朝向游廊。左边和右边是两张安乐椅，安乐椅的末端有两张太师椅，一张是为女主人而设的，一张是为她的随伴而排的，如果她带一个随伴来的话；不过这情形是很少有的。每个女人都在家里忙着拜访客人或是接待来客；她而且不大发愁去找到一个情敌。

所以，一个意大利女郎往往独据她的包厢；在那里，母亲们不是女儿们的奴隶，女儿们也不必受到母亲们的防阻；结果，女人们都没有子女或父母来监视，来探察，来烦扰，来打断她们的谈话。包厢的前面都覆有同样颜色，同样形状的绸布。从这绸布起挂有同样颜色的帘子，要是包厢的主人居丧的话，这帘子就一直的关上。只有少数的例外，只在米兰，大半的包厢里面都没有灯火；它们的光线只是来自舞台或是有些都市不顾人家的强硬抗议而在厅里悬挂的不大光亮的大灯。但是因为帘子的缘故，它们还是很黑暗的，又因为挂帘子的方式，厢里总是相当的漆黑，人家很难知道那里所发生的事情。这些包厢可以坐上八个到十个人左右，四面都铺上富丽的绸缎，顶上都油上光亮的颜色；装壁板都是镀金的。人家可以在那里喝全冰或是半冰的饮料，人家可以在那里细嚼糖果，因为只有中层阶级的人在那里吃饭。每一个包厢都是一种价格高昂的不动产；有的甚至于都值上三千佛郎；在米兰，李达一家占有接连的三个包厢。这些事情证明闲荡生活的高度重要性。谈话在这块空间里是最有权威的，这时代的一个最有创见的作家，认识意大利最透彻的作家史丹达尔①曾经管他叫做窗户开向池座的小沙龙。事实上，音乐和幕景的幻化只是次要的附属品；最重要的乃是在那里举行的谈话，在那里商量的心灵的伟大的小事，在那里约好的会晤，在那里述说的故事和观察。戏院是自己研究自寻欢娱的整个社会的节约的集会。

被请到包厢里来的男客们都顺着到场的先后一个挨一个的坐在沙发上。第一个来的自然就坐在女主人的旁边；但是两张沙发都坐满了人的时候，要是还有新客来的话，最初来的客人就打断

① Stendhal 是巴尔扎克同时的法国文豪贝尔（H. Beyle）的笔名。

了自己的谈话，站了起来，走了。每一个人就这样的推前了一个坐位，轮流的坐在女主人身边。这些丰富的闲谈，这些严肃的会话，这意大利生活的风雅的诙谐要是没有普遍的自由空气就没有法子进行。所以女人们之是否装饰入时倒可以随她们的便；她们简直是跟在家里似的，到她们的包厢里来的生客第二天都可以到她们家里去拜访，外来的游客最初都不了解这种闲情逸致的生活，这种经过音乐美化的 dolce farniente（柔美的逸乐）。长久的居留之后，一个尖锐的观察才可以给外来的游客揭破这种意大利生活的意义，这种生活就像这地方的清蓝的天色，这里的富人并不希望天上有云彩。

贵族不大注意管理财产；他让他的管家们（ragionati）来处理他的产业，不消说这些管家就偷了，毁了他的东西；他并没有政治的元素，这种政治元素不久就会烦扰他；所以只生活在情爱里，他拿情爱来消磨他的时光。就是因为这个道理，男朋友和女朋友都并没有彼此会面互相满足或是互相防守的必要。因为这种生活的大秘密就是情郎让整个早晨为他忙碌的女人看了五个钟头。所以，意大利的风尚就是要不断的享乐，躲在外表上的漠不在意的态度之下去研究维持享受的方法。这是美妙的生活，然而却是消耗的生活；因为在任何国家里都找不到这么多衰弱的男人。

公爵夫人的包厢就坐落在威尼斯人所称的“柏比安诺”（Pepiano）的地面楼里，她总是坐在那里可以接受舞台的烈灯的光芒的地方，使她那美丽的头能受到温和的光线的照耀，离开浓淡的光晕。这位佛罗兰斯女郎能够吸引人家的视线，因为她有一只真正庄严的黑色发辫所覆盖的雪白的宽阔的额头，她有令人想到沙尔都·安特勒亚的高贵温柔的脑袋的精致的脸纹，她有美丽的脸部的切面和眼睛的框晕，她有表达爱情纯洁的庄严端美的梦想幸福的女人的悦人情意的丝绒一般的眼睛。

戏院并不演唱由热诺瓦斯陪唱的丁地的开幕歌剧《摩西颂》，而请这男高音歌咏家没有著名的第一歌女的陪伴来独唱《剃发匠》。戏院主人说是因为丁地小姐生病，不得不改换节目，事实上卡丹尼奥公爵也没有到戏院里来。这到底是因为聪明的戏院主人想要从热诺瓦斯和丁地前后两次的开幕里卖到两场满座呢，还是因为丁地真的生了病呢？池座里的观众可以讨论这问题，然而爱米里奥却知道得清楚；不过，丁地的抱恙消息虽然使他生出一些悔疚，使他回想到这位歌女的美丽和他的残暴，可是丁地和公爵的缺席却使亲王和公爵夫人同样的感到安舒。而且热诺瓦斯的唱法也给他驱逐了他对于那一夜的污秽的爱情的回忆，延长了这一天的神圣甘美的日子。男高音歌咏家非常高兴能够一个人单独接受喝彩声，他就特别卖力气的施展他的才能，奠定了他此后在欧洲所得到的名声。热诺瓦斯那时候才二十三岁，他是柏尔岗生长的人，维鲁迪的学生，酷嗜艺术，身体强健，面目清秀，懂得抓住他所扮演的角色的精神，他已经表现出是个可以名利双收的伟大的艺术家了。他得到了“疯狂的成功”，这句话只能够在意大利得到正当的应用，因为在意大利，观众总会给使他们得到快乐的人一种我也说不出来的是那一类的疯狂的感恩。

亲王的几个朋友前来给他庆祝他的继位，报告一些消息。前一天晚上，卡丹尼奥公爵带来的丁地小姐曾经在芜尔巴都夫人的夜会里歌唱过，她的身体看来跟她的嗓音是同样健康的；所以她的意外的抱恙就引起了无数的解释。依据福罗里安咖啡馆的谣传，热诺瓦斯热恋丁地；丁地小姐要避免他的爱情的宣言，戏院主人没有能够决定让他们同时出场。依据奥地利将军的说法，只有公爵一个人生了病，丁地小姐照应他，派了热诺瓦斯来安慰观众。一个法兰西医生进来的时候，将军就把他带来拜见公爵夫人，把他介绍给她。亲王看见王特拉明在池座里徘徊着，他就出去寻找这三个月没有见面的朋友，跟他说些知心话。他一边在意大利戏院的池座木凳和地面楼的包厢之间散步，一边观察着公爵夫人怎么样欢迎这个外国人。

“这个法兰西人是谁呀?”亲王问王特拉明。

“卡丹尼奥请来的一个医生，公爵要知道他还能够活上多少时候。这个法兰西人等着马尔发底，要跟他一块儿诊断。”

正如一切情海里的意大利女郎似的，公爵夫人不断的瞧着爱米里奥，因为在这国度里，一个女人的遗忘是整个的，我们很难蓦然发现由源泉迂回而出的表露某种情意的眼色。

“Caro（亲爱的），”亲王对王特拉明说，“你得想我昨天夜里是在你家里睡觉……”

“你征服了吗?”王特拉明抱住他的腰，回答说。

“不，”爱米里奥立刻回答说，“但是，我相信我能够跟玛西美拉幸福的过几天。”

“唉，”马尔哥接着说，“你一定是世界上最受人羡慕的人。公爵夫人是意大利最完美的女人。我是从鸦片烟的醉人的云雾里去察视世界上的事物的，在我看来，她是艺术的最高的表现，因为自然界真的在她身上造成了一个拉发埃尔所画的肖像，你的爱情并不使卡丹尼奥讨厌，他还给我好好的算了一千厄古的钱，让我转交给你。”

“所以，”爱米里奥接着说，“无论人家对你说什么，我每天夜里都在你家里睡觉。因为，你瞧，要是我能够接近她而离开她一分钟，就是受罪。”

爱米里奥又坐在包厢的厢底，缄默的在角落里听公爵夫人说话，欣赏她的活泼的精神和她的美丽。玛西美拉之所以施展这意大利人的风雅绮丽的谈话，这是为他，而不是为着她的虚荣。在这种谈话里，人家所嘲笑的是事物，不是个人，人家只讽刺可以讽刺的情绪，人家拿雅典的盐去调味一些菜。而且卡丹尼奥夫人也许也到处觉得疲劳，意大利人是特别聪明的，他们不喜欢故作聪明的跟人家闹别扭，他们的闲谈是温和而随便的；这种闲谈从来不像法兰西人的闲谈似的针锋相对，每一个人都要先亮他的宝剑，没有话可说的人就算是屈服。要是在他们之间也有炽烈的谈话的话，这只是一种柔和的讽讥，幽默风雅的嘲弄大家的熟识的事情，意大利人不说可以伤害别人的讽刺语，他们只用一瞧眼，一微笑来表达难以言传的思想。在他们看来，在寻求欢乐时而要设法了解人家的思想是自找麻烦，这而且是有道理的。所以，芜尔巴都夫人就对卡丹尼奥夫人说：

“要是你爱他的话，你就不会谈得这么起劲了。”

爱米里奥并不参加会谈，他只听着，瞧着。这种保守的态度使许多外国人以为亲王是个一无所能的人，因为他们对于意大利的情种都这样的想像，然而这却只是一直淹没到颈项为止的一个溺于享乐的情人。王特拉明坐在亲王旁边，面对着法兰西人，法兰西人是外国人，所以他就坐在公爵夫人对过的角落里。

“这位先生醉了吗?”医生一边端详王特拉明，一边朝着玛西美拉的耳朵上低声说。

“是呀。”卡丹尼奥夫人简单的回答。

在这爱情的国度里，一切的爱情都有借口，一切的错过都可以得到一个动听的宽赦。公爵夫人深深的叹了一口气，让她的脸上显出一个逆意的苦痛的表情。

“我们这个国家里可以看见许多怪事，先生！王特拉明活在鸦片烟里，这个人活在爱情里，那个人埋头研究科学，大部分有钱的年青人就迷上跳舞女，乖一点儿的人就积蓄家产；我们大家不是找幸福，就是沉醉。”

“因为你们大家都要拿一个固定的念头来排遣自己。革命可以疗治根除这念头，”医生答辩说，“热内亚人抱歉他的共和国，米兰人希望他的独立，毕埃芒人愿望立宪的政府，罗马额人要求自由。”

“他真不懂，”公爵夫人插嘴说，“唉！世界上有许多国家相当的无聊要你们的傻宪章，这宪章毁灭了女人的势力。我大部分的同胞要当你们法兰西人的制造品，无谓的儿戏。……”

“无谓吗！”医生喊着。

“呃！先生，”公爵夫人接着说，“人家在一本比我心里所有的更好的书里能够找到什么呢？意大利是疯狂的国度！”

“我看不出一个要管治自己国家的民族是疯狂的民族。”医生说。

“好家伙，”公爵夫人奋激的答辩，“这不是像你们所做的一样，为些傻主义就拿大流血来换得争吵的权利吗？”

“您喜欢专制！”医生喊着。

“为什么我不喜欢一个给我们掷掉书本，掷掉使我们作呕的政治活动，给我们整个留下一切男子的政府呢？”

“我相信意大利人是更爱国的。”法兰西人说。

公爵夫人这样精巧的笑起来，她的对话人甚至于都不能够分别她到底是说笑话还是说真话，到底是正经的意见，还是政治的讽刺。

“所以，您不是自由分子啦？”他说。

“但望上帝阻止我当自由分子！”她说，“我不知道还有什么东西会比这意见在一个女人看来更丑恶。您喜欢一个把全人类都搁在心里的女人吗？”

“讲爱情的人自然都是贵族。”奥地利的将军微笑的说。

“进到戏院来的时候，您是我所看到的第一个人，我对总督阁下说要是一个女人可以代表一个国家的话，这女人就是您：我觉得我看到意大利的女神，但是我很抱歉的发现您虽然有优美的外貌，您却没有立宪……的精神。”他加上一句话说。

“您不是觉得我们的跳舞家是讨厌的，我们的歌咏家是卑劣的吗?”公爵夫人一边说，一边做个手势，叫人家观看歌舞，“巴黎和伦敦都抢走了我们的大天才：巴黎批评他们，伦敦却报酬他们。热诺瓦斯，丁地小姐，他们都不会再留在我们这里六个月哩。……”

这时候，将军出去了。王特拉明，亲王和两个其他的意大利人就指着法兰西医生彼此交换了一个眼色和微笑。一个法兰西人所少有的事，他居然怀疑了自己，相信自己说了或是做了不通世故的言行，但是一会儿之后，他就懂得了这晦涩的议论。

“您相信，”爱米里奥对他说，“我们打开心在我们的主人面前说话得非常的小心吗!”

“——王特拉明，”她用只让外国人听到的神气说，“他抽鸦片烟，这是一个英吉利人给他感应的一个值得诅咒的习惯。这个英国人因为其他的理由，想要寻找一种快活的死法，不是您所想象的留下一个骷髅的庸俗的死法，而是包着你们法兰西人所谓的国旗的破布而死去。这种死就像是一个头上戴着花冠或桂花冠的少女一样。他是由一个炮弹发出的旋风带到火药烟的云雾里来，或是躺在床上两个妓女的中间；他还从一杯五味酒的香气，或是还没有脱离煤炭状态的金刚钻的阴雾里飞腾而出的。要是王特拉明愿意的话，花了三个奥地利佛郎，他就可以当威尼斯的将军，他就可以登上共和国的古舟，去征服君士坦丁堡的镀金的炮塔。于是，他就可以在土耳其妓院的沙发上辗转，在苏丹的嫔妃里鬼混，变成了胜利的威尼斯的公仆。然后他就可以带回他在土耳其帝国所抢到的胜利品来重修他的宫殿。他可以从戴上两重面帕的东方女人那里回到亲爱的威尼斯女人这边来，只怕有一种并不存在的妒忌。花了三个‘斯凡西克’，他就可以参加十人会议，[1] 行使他的法官职务，管理最重要的事件，从贵族的宫殿里出来，到一只长扁形的船上，在两只火红的眼睛底下睡觉，或是攀登一个由一只洁白的手悬有一条缎梯的阳台；他爱一个鸦片烟使她带上我们其他的骨肉女人所没有的诗意的女人。忽然间，回来的时候，他却发现自己是面对着一个手里拿着一把尖刀的元老，他听见尖刀在他情妇心脏里滑动的声音，情妇对他笑着死去，因为她救了他！……她太幸福了。”公爵夫人瞧着亲王说，“他逃了，跑去指挥达尔马特人，给他的美丽的威尼斯征服了伊里亚海岸，他的光荣使他得到恩宠，他就在那里尝到家庭生活的滋味：一个居处，一个冬天的夜会，一个年青的女人，一群跟随一个老女仆去祈祷圣马克的优美的孩子。是的；花了三佛郎的鸦片钱，他就可以布置我们的空虚的贮藏室，他就可以看见世界上各地方所送来或卖去的一车车的货物的来往。近代工业的力量不能够在伦敦施行神迹，而是在他的威尼斯这里重建了西米拉米的悬空的花园，耶路撒冷的圣殿，罗马的建筑。总之，他用烟雾的世界，像当年的威尼斯所保护的一样加以保护的艺术的新生的杰作来扩张中世纪。建筑物和人物都浮显而存在于他的窄小的脑筋里，帝国的盛衰，城市，革命的历史都在短短的时间，只有威尼斯在发展的时间里，在他的脑筋里演变着，因为他梦里的威尼斯是海上的帝国，有两百万的居民，意大利的王杖，占有地中海和印度诸地！”

“这个人的脑袋是一所戏院啊！这真的迦尔一般的人自己在里边游历还不大明白的深渊啊！”医生嚷着说。

“亲爱的公爵夫人！”王特拉明用重浊的声音说，“别忘记了我

① 古代威尼斯共和国的秘密会议，议员共有十人，可以管束共和政府的头目。

的仙丹要给我帮助的最后一个忙。听了悦耳的声音，用我一切的毛孔来吸收音乐，尝过了最辛辣的美味，了结了最热烈的天堂的爱情之后，我却看到了可怖的形象。现在我在我亲爱的威尼斯里只管见到好像死人一样的瘦缩的孩子的脸孔，满身疮痍的憔悴的愁惨的女人，互相冲碰的船只的铜壁所夹攻下的粉碎了的男人。我开始看到现实的威尼斯，阴惨惨的，空虚的，被劫夺的，沙漠一般的威尼斯。街上溜着苍白的鬼魂！……奥地利的兵士已经皱着他们的脸孔了，我的美梦的生活已经走近现实的生活了：然而六个月之前，现实的生活才是我的噩梦，吞云吐雾的生活倒是我的爱情，我的情欲，我的重要的大事，我的最高的政治生活。唉！不幸得很，我看到了坟墓的晨曦，在这里，假和真就结合成既不是白昼也不是黑夜的两者互相混合的半暗半明的颜色。”

“你们瞧这脑袋里装有太多的爱国思想，”亲王一边说，一边拿他的手压在覆盖王特拉明的额头的黑色发丛上。

“噢！要是他爱我们的话，”玛西美拉说，“他不久就得放弃他的悲惨的鸦片。”

“我可以治好您的朋友。”法兰西人说。

“请您治罢，我们会喜欢您的，”玛西美拉说，“但是，要是您回到法兰西去不诽谤我们的话，我们还要更喜欢您。可怜的意大利人只怕人家批评，他们给高压的统治弄得未免太衰弱了：因为我们清楚你们的统治。”她微笑的加上一句话说。

“他比奥地利的统治来得慈祥。”医生兴奋的答辩。

“奥地利榨取我们而一点儿也不报答我们，但是你们榨取我们到是为的要让我们的都市发展、美丽，你们用兵戎来刺激我们。你们计算保守意大利。然而他们却相信要丢掉意大利。不同就在这里。奥地利人给我们一种跟他们一样麻木的笨重的幸福，可是你们却用你们的累人的活动来粉碎我们。然而吃补药而死或是吃麻醉药而死，这都没有关系！这总是死，不是吗，医生？”

“可怜的意大利！在我看来，意大利是法兰西应当加以防卫的美女，情妇！”医生嚷着。

“你们不知道依照我们的幻想来爱我们，”公爵夫人微笑的说。“我们要自由，但是我所要的自由并不是毁坏艺术的你们的粗俗的中产阶级的自由主义。——我要，”她用震动整个包厢的嗓音说。“我的意思是我希望每一个意大利的共和国都能够和它的贵族，它的平民，各阶级的特殊的自由一同复生。我希望有古代的权贵的共和国和他们的内部的竞争，产生美丽的艺术品，创造政治的制度，造筑亲王大厦的竞争。向广大的地面上伸展一个政府的活动，这就是减少它的活动。意大利的共和国曾经在中世纪当过欧洲的光荣。为什么当它的门守瑞士人得胜的时候，意大利却倒台了呢？”

“瑞士各共和国，”医生说，“是管理小事的老妈子，他们没有羡慕甚么东西，然而你们这些共和国都是骄傲的君王，因为不致敬他们的邻国而被出卖了；他们跌得太低了，很难再爬起来。格尔夫党①得胜了！”

“别太埋怨我们了，”公爵夫人用骄傲的声调说，使两个朋友心跳，“我们永远统治你们！在他的悲惨里，意大利有繁殖城市中间的英俊。不幸得很，大部分我们的天才太快就懂得生活，他们就沉溺在可怕的享乐里；至于那些要刻苦追求不朽的人，他们却知道拿你们的金钱，得到你们的敬仰。是的，幼稚的旅人和虚伪的诗人曾经悲悼过意大利的衰落，政治家曾经咒骂过意大利人的

① Guelfes是意大利拥护教皇的党派，与拥护德意志皇帝的几柏林党(Gibelins)为敌，互相攻战，血染意大利半岛者达三世纪，自十二世纪而迄一四九四年之法兰西入侵。

性格，在这国度里，在这懦弱、没有力量毁灭了的未老先衰的国度里，各方面却都存在有超卓的天才，他们长出雄壮的枝叶，就像是老葡萄秧发出新芽，后来结有甘美的果实似的。这古代的君王的民族现在还产生出许多‘大王’！拉格郎慈，芜尔达，拉苏里，卡诺瓦，罗西尼，巴尔多里尼，迦尔凡尼，维岗诺，柏卡里亚，齐哥额拉，哥尔维多。这些意大利人占据着他们所致力的人类科学的顶峰，管理他们所从事的艺术。我们不必提到达几昂尼，巴刚尼尼等那些拿空前的完美去征服欧洲的男女歌咏家和演奏家，意大利还统治着这世界。世界也将永远的崇拜意大利。请你今天晚上到福罗里安咖啡馆去，你就可以发现我们的一个豪杰，然而却喜欢隐居的卡布拉查；除了卡丹尼奥公爵以外，我的主人，谁也不比他更懂得音乐：所以这里的人就给他一个浑号，管他叫做‘幻想家’。”

法兰西人和滔滔不绝的公爵夫人兴奋的谈论了一些时候之后，意大利人都先后走到一切的包厢里去说这 uns douna di gran spiritu（一个绝顶聪明的女人）在讨论意大利的问题上驳倒了一个能干的法兰西医生。这是这一夜的新闻。法兰西人看见自己只有一个人留在亲王和公爵夫人中间，他懂得他得让他们两个人单独留下，就出去了。玛西美拉给医生点头致敬，这有点拒人于千里之外的神气，甚至于都会使这个人愤恨她，如果他误解她的谈话和她的美丽的蛊惑的话。所以歌剧将要演毕的时候，爱米里奥只一个人和卡丹尼奥夫人单独留下；两个人互相拉着手，听着《剃发匠》的最后一段的合唱。

“只有音乐可以表达爱情。”公爵夫人大受这两个幸福的黄莺的歌唱的感动，就这样的说。

一点清泪润湿了爱米里奥的眼睛，类似拉发埃尔的圣女塞西尔的光焕的美丽的玛西美拉就压紧了他的手，他们的膝部接触了；

她的嘴唇上好像是点缀了一个接吻，亲王看见情妇的光辉的双颊上一个快乐的火焰，好像夏天的日子在金黄色的收获物上扬起的火焰似的，他的心脏就被一切在这里流溢的血液压迫着，他仿佛听到天使一般的声音的合唱。他甚至于都可以拿出他的生命来，感念前一夜同一时刻克拉铃娜所给他感应的欲望，但是他甚至于都没有觉得有他的身体的存在。这点清泪，贞洁的不幸的玛西美拉认为是热诺瓦斯的小曲的歌词刚使他流出来的。

“亲爱的，”她朝着爱米里奥的耳朵上说，“你不是可以超脱爱情的诗词，正如原因可以超脱结果吗？”

送公爵夫人登上她的小船之后，爱米里奥就等着王特拉明到福罗里安咖啡馆去。

福罗里安咖啡馆是威尼斯一个难于解说的机关。做买卖的人在这里商议生意经，律师们在这里约会讨论棘手的案件。福罗里安既是交易所，又是戏院的观客游散场，又是书报阅读室，又是俱乐部，又是忏悔室，它非常适合于这国家的简单的事务，一部分的女人都整个的不知道她们的丈夫到底干些什么，因为要是他们要写信的话，他们就到这咖啡馆来写。自然福罗里安充斥着各种侦探；但是他们的出现反而磨练出威尼斯人的天才，威尼斯人可以在这里练习他们从前那样著名的谨慎。许多的人都在福罗里安整天的消磨时光；总之，福罗里安是某部分人所非常需要的，他们甚至于都在两幕之间的休息的时候离开了他们的女朋友的包厢到那里去巡逻一下，来看看那里人家说了些什么。

两个朋友在麦尔西里亚小街里走路的时候，他们都守口如瓶，因为那里人太多；但是，转出圣马克广场的时候，亲王就说：

“咱们不要到咖啡馆去，咱们蹓跶蹓跶罢。我有话跟你说哩。”

他就说了他跟丁地的风流的故事和他所处的地位。爱米里奥的失望在王特拉明看来几乎是近于发疯，王特拉明就答应给他完全疗治痊可，如果他要付给他在玛西美拉身边的全权的话。这希望恰巧来得适逢其时，他阻止了爱米里奥夜里要去跳海自杀的念头，因为回想到歌女，他就非常想要回到她家里去。两位朋友来到福罗里安咖啡馆最边僻的厅子里，在那里听着几个豪杰所举行的威尼斯式的谈话，概括的叙述当天的新闻，重要的题材最初是威尼斯人所嘲笑的拜仑爵士，然后就讲到卡丹尼奥对于丁地的不可解释的归附，虽然他们也提到了廿种原因，然后就讲到热诺瓦斯的开幕演唱；最后就讲到公爵夫人和法兰西医生的辩论。谈话变成音乐性的喧嗓的时候，卡丹尼奥公爵也在厅里出现了。

虽然没有让人家注意到，他总算是表面上非常自然的给爱米里奥致了一个非常客气的敬礼，爱米里奥也严肃的回了一礼。卡丹尼奥瞧着看看有没有他所认识的人，他给王特拉明瞟了一眼，给他行个礼，然后又给他的银行家富裕的贵族后裔致敬，最后又给这时候正在开口说话的阿尔布尼齐伯爵夫人的朋友，一个著名的音乐迷鞠躬——这个人的生活跟其他几个福罗里安的熟客一样都是没有人知道的，因为他非常用心的瞒蔽——人家只知道他在福罗里安所做的事情。

这个人就是公爵夫人对法兰西医生略略提过的贵族卡布拉查。这个威尼斯人是那些用思想的力量来揣测的幻想家之中的一个。他是个怪癖的理论家，他关怀他的名声就和他关心他的破烟斗一样。他的生活是和他的意见相调和的。卡布拉查早晨十点钟左右在长官衙门廊下出现，人家都不知道他是从什么地方来的；他在威尼斯城内逍遥，嘴里衔着雪茄烟散步。他常常到飞尼丝戏院来，坐在池座里，休息的时间就到福罗里安来，每天在那里喝上三四杯咖啡；他在这里消磨夜晚的剩余的时间，清晨两点钟才离开。一千两百佛郎就够得应付他的一切需要；他只在麦尔西里亚糕点铺吃一顿饭，糕点铺每天在一定的时刻都给他在铺里一张小桌上端来他的饭菜；糕点铺主人的女儿亲手给他烹调肥满的蛎黄，供给他雪茄烟，替他管理钱财。这位糕点铺的姑娘顺从他的劝告，不听任何所谓情人的说话，虽然她是非常美丽的；她谨慎的生活着，还穿着古代的威尼斯服装。卡布拉查对她感觉兴趣的时候，这个纯粹威尼斯血统的威尼斯女郎才十二岁，他死的时候，她正当二十六岁。她很爱他，虽然他从来没有吻过她的手，或是她的额头，她一点儿也不知道这个可怜的老贵族到底是什么用意。这个女人终于对这个罗马元老的后裔有一个母亲对于孩子的绝对的威权；她叫他穿衬衫；第二天卡布拉查没有穿衬衫到她这里来，她就给他送上一件白色的，让他带去第二天穿。他从来没有瞟视一个女人，无论是在戏院里，或是散步的时候，都是这样。虽然他是一个罗马元老的后裔，他却觉得他的贵质并不值得他的一提；晚上，半夜之后，他就从迟钝里醒了过来，信口开河的说着，表示他已经观察过，听见过一切。这个不能够说明自己的教条的地奥曾[1]一半是土耳其人，一半是威尼斯人，又肥，又矮，又胖。他有古代威尼斯共和国的头目的尖鼻孔，宗教审判所的讯问官的讽刺眼，一只带笑的谨慎的嘴。后来死了的时候，人家才知道他住在圣柏纳德多附近的一个陋室里；他有欧洲各公家事业的二百万财产，自一八一四年第一次投资之后所生的利息，再加上资本。资本的增多和复利的积蓄，就产生了一个庞大数字的财富。这一笔款就遗赠给这年青的糕点铺小姑娘。

“热诺瓦斯会发迹的，”他说，“我不知道到底他懂得音乐的功用呢，还是本能的发挥，不过他总是能够满足我的第一个歌咏家，所以，我算是不会在没有听过好像我梦里所听到而在醒时还看见在空中回绕的渐高调唱歌之前死去了！渐高调唱歌是最高的艺术表现，这是我装饰寓所的最美丽的花卉图案：少一分就毫无所有，多一分就太混乱。他给您的灵魂唤起万千隐秘的思想，他飞跃，他穿过空间，在空气里播下种子，这些种子被耳朵搜集了之后，就会在心坎里开花。相信我，拉发埃尔画《圣女塞西尔》的时候，他曾经表现音乐胜过诗章。他有道理：音乐对付心灵，然而写的诗句只是理性的对象；他立刻交通思想，就像香味似的。歌咏家的声音不是给我们打进思想，也不是给我们打进我们对于幸福的回忆，而是思想的本质，而使我们的感觉自身活动，庸俗的人强迫音乐家把他们的表情嵌入他们的语言，嵌入人为的趣味，这是太可惋惜的；但是他们不会让群众了解，也是真的。所以渐高调唱歌是特别让爱好纯粹音乐的朋友去欣赏的。今天晚上听了最后一段小曲的时候，我仿佛觉得被一个可以瞧我一眼光就使我返老还童的少女请去似的。这个卫士给我头上戴了一个冠冕，给我带到让我走进梦宫的象牙宫门上来。我感谢热诺瓦斯使我离开了我

① Diogène是希腊爱奥尼派的哲学家。

的老躯壳一些时刻，这时刻用时计来算是短促的，但是用感觉来算却是相当长的。在一个玫瑰花吐出香气的春天里，我觉得我是年轻的，被爱的！”

“您错了，亲爱的卡布拉查，”公爵说，“音乐有一种比渐高调唱歌更有魔术性的力量。”

“什么力量呢？”卡布拉查问。

“两个嗓音的调和，或是一个嗓音和一个提琴的声音的调和，提琴是最接受于人类嗓音的乐器，”公爵回答说，“这种完全的调和可以带我们走在生命中心的前头，走在激奋情欲的元素的河流上，这种河流可以把人引导到可以使他的思想召唤整个世界的光耀的领域里来。你还得有一个理论，卡布拉查，但是我只要有一个原则就够了：你要水流过万千的机械的运河，溅成无数夺目的水花；然而我，我却满意一个平静的清泉，我的耳朵在倾听一个没有波纹的海水，我懂得拥抱无穷的太虚！”

“别说啰，卡丹尼奥，”卡布拉查骄傲的说，“怎么！你难道没有看见女神敏捷的穿过光明的空气，用调和的金线搜集悦耳的宝藏，微笑的把这宝藏掷给我们吗？你难道从来没有感觉过女神用来对好奇的天神说‘起来罢！’的神杖的打击吗？女神从脑袋的深渊里向外发光，也朝着这些奇妙的格子里跑去，就像风琴家按触音键一样的触着它们。于是，回忆就突然的浮了上来，带来了保护得宜的永远鲜艳的过去的玫瑰花。我们的年青情妇回来用她的洁白手摸抚着年青人的头发；过分充满的心灵就溢出了情水，人家又看见爱情的洪流所灌溉的河岸。青春的一切活力就发出火焰，说出从前所听到，所了解的神圣的话语！嗓音流转着，它又在他的快速的演变里重新收回这些飞逝的元素，使它们缩小；它们被新发的，更快乐的，有一个女神逃回蓝色的天空时用手指着的不可知的前途的嗓音驱逐得无影无迹了。”

“那末，你，”卡丹尼奥回答说，“你难道从来没有看见过星斗的微光直接给你打开高卓的深谷，你难道从来没有骑过这光芒，让它带你到天上，把你扔在转动各世界的‘天道’里吗?”

一切听他们说话的人都觉得公爵和卡布拉查是在要一套大家所不认识的把戏。

“热诺瓦斯的嗓音都刺入了我们的纤维。”卡布拉查说。

“丁地的嗓音都冲动了我们的血。”公爵回答说。

“这段小曲里包含的是那一种幸福的爱情的谜语啊!”卡布拉查接着说，“啊！罗西尼为这沸腾的快乐写这段乐曲的时候，还是很年青的哩！我的心充满着新鲜的血，万千的欲望都激荡着我的血管。从来没有比这更神圣的声音使我更能脱离我的肉体的羁绊!女神从来没有给我张开比这更美丽的手臂，对我更深情的微笑，给我更风雅的翻开我的下衣到我的腿部为止，给我打开了遮蔽我的另一个生命的帘幕!”

“明天，我的老朋友，”公爵回答说，“你可以骑在一只夺目的天鹅背上，让他给你指示最丰沃的土地，让你看见孩子们所看到的春天。你的心可以收到一只新奇的太阳的光芒；你可以在一个圣母的照应之下，睡在一块红色的绸布上，你可以跟一个幸福的情人似的受到让你还可以看到赤裸裸的脚而即要失踪的‘欲神’的抚摸。这个天鹅就是热诺瓦斯的嗓音，如果他能够配合他的黎达①丁地小姐的嗓音的话。明天，人家要给我们演唱《摩西颂》，这是意大利最伟大的天才所编制的最伟大的歌剧。”

每一个人都让公爵和卡布拉查闲谈，谁也不愿意上他们的当；只有王特拉明和法兰西医生听了他们一些时刻。鸦片鬼听着这首

① 依据希腊的传说，黎达（Leda）是斯巴达国王丁达克（Tyndarc）的妻子；因为耶必达天神爱她，天神就化作一只天鹅，来取悦她。

诗，他有钥匙可以打开这两个富有情欲性的幻想所浮游的宫殿的门。医生想法子了解，他也居然了解了；因为他是属于这种巴黎学派的天才的一群。在巴黎，真正的医生不但是有力的分析家，同时也是深刻的哲学家。

“你懂得他们吗?”清早两点钟，离开咖啡馆的时候，爱米里奥对王特拉明说。

“是的，亲爱的爱米里奥，”王特拉明一边回答他，一边带他到自己家里来，“这两个人是属于那些能够在这世上剥开他们的肉体躯壳，懂得在女巫的王后身上飞翔，在这道德生活所展开的蓝天里跳舞，走到你的爱情带你进去，鸦片烟领我入内的艺宫的人众的。他们只能够得到他们的配偶的了解。我，我的灵魂因为悲惨而激奋；我，我一夜之中活了一百年，我能够听得懂这些伟大的人物谈论伟大的国度，自称贤智的人管这国度叫做荒谬的国度，我们其他的傻子却管他叫做实在的国度。呃，公爵和卡布拉查从前在卡丹尼奥出生的拿波尔城相认识，他们都迷在音乐里迷得疯了。”

“可是，卡布拉查是给卡丹尼奥解释了什么奇怪的理论呢?”亲王问，“你，你是个懂得一切的人，你可懂得他的意思吗?”

“懂得，”王特拉明回答说，“卡布拉查跟一个住在卡柏罗宫殿里的克拉蒙的音乐家很要好。这个音乐家相信声音在我们身里碰到一种和产生光学现象的粒子跟产生思想的本质一样的元素。依据他的说法，人类内部有许多被声音所接触的键子，跟产生我们的官觉和思想的神经中枢相联络。卡布拉查认为艺术是人类拿外界的自然跟他所谓的内在的生活相协调的方法，他也同意这时候演奏歌剧的乐器的作用。要是你想象一下一种高卓的创造，在他这里看得见的功效可以跟雄壮、轻佻、快速、无边的范围同时的重新产生出来，在他这里，官觉是无限的，某些占有神圣力量的特殊的机构能够钻入人身，你就可以明白卡丹尼奥和卡布拉查所谈的坐忘的乐趣了。卡丹尼奥和卡布拉查是他们自己两个人为自己所了解的诗人。但是，一旦在精神的世界里，一个人拿摹仿的步骤越过产生雕塑工程的领域，进入欣赏原则，表现万能的结果的完全的抽象世界里去，这个人就不是平常的理智所能了解的人了。”

“你刚刚好解释了我对玛西美拉的爱情，”爱米里奥说，“亲爱的，我身里有一种力量，一遇到她的眼睛的火焰，她的轻微的接触，这力量就醒了过来，把我扔进一个光辉的世界里，产生了许多我都不敢对你说的效果。我常常觉得她的精致的皮肤的纤维，当她的手放在我的手上时，就给我的皮肤印上花纹。她的话语在我身里就触到了你所说的内心的音键。欲望激动了我的头骨，在那里摇荡着这个看不见的世界，而不激动我的迟笨的躯体。于是，空气就变成红色的，光亮的，莫名的馨香和力量就松散了我的神经，玫瑰花铺满了我的头壳，我就觉得我的血液在我一切开弛的动脉管里流转，因为我的羸弱是完全的。”

“所以，我也就抽了鸦片烟了。”王特拉明回答说。

“那末，你愿意死吗？”爱米里奥恐惧的说。

“和威尼斯一块儿死去，”王特拉明朝着圣马克广场伸出他的手说，“你看见这些小钟楼，这些钟楼顶，其中有一个是直的吗？你没有懂得海水又来吞没威尼斯吗？”

亲王低下头来，不敢跟他的朋友谈论爱情问题。我们得到被征服的国家里去旅行，才能懂得什么是自由的祖国。

到达王特拉明尼宫殿的时候，亲王跟马尔哥看见一只小船停留在水门上。亲王就搂住王特拉明的腰，柔和的紧抱着，对他说：

“祝你夜安，亲爱的！”

“我，我倒祝你在跟威尼斯一块儿睡觉的时候有一个女人！”

王特拉明嚷着。

这时候，靠在一个石柱上的船夫瞧了瞧两位朋友，认得了人家给他描写的那个人，就朝着亲王的耳朵，对他说：

“公爵的情人，王爷。”

爱米里奥跳上了船，他在那里被一双铁一般紧然而却是柔软的手臂抱住，让人家拉去躺在褥垫上，他在那里感觉到一个痴情的女人的跳悸的胸脯。一会儿之后，亲王不再是爱米里奥，而是丁地的情人了，因为他的官觉昏迷了，他被第一个接吻弄得不知所措了。

“请你原谅我这个骗术，我的爱，”西西里女人对他说，“要是我不能够带领你，我就只有死！”

船在神秘的海上飞驶而去。

三、歌剧《摩西颂》

第二天晚上七点半，观众都坐在戏院里的同样座位上，除了临时买票的池座以外。年老的卡布拉查坐在卡丹尼奥的包厢里。开幕之前，公爵来看一次公爵夫人；他想法子站在她背后，让爱米里奥坐在包厢前部玛西美拉的旁边。他说了几句没有意义的话，没有讽刺，也没有辛酸，他的态度是很多礼的，好像是来拜访一个陌生的女郎似的。无论他如何努力要显得可爱，自然，亲王总不能够改变他的疑虑的姿态。漠不在意的态度应当会让妒忌心使平常习惯的冷静的脸纹起个强烈的变化。公爵夫人无疑的也跟爱米里奥有同样的感觉。她的额头显得哀怨，她的颓丧是很明显的。公爵觉得在这两个赌气的脸孔之间很为别扭，他就利用了法兰西人进来的机会，想离开包厢走了。

“先生，”卡丹尼奥在包厢的门帘没有回落之前，对他的医生说，“您要听一首配好音乐的长诗，这诗歌第一耳听来相当的难懂，但是我让您坐在公爵夫人身边，她比任何人都更会给您解释，因为她是我的徒弟。”

跟公爵一样，医生也奇怪两位情人的脸色，这色调指明他们有个病态的悲哀。

“一篇意大利的歌剧就需要一个翻译通事吗？”他微笑着对公爵夫人说。

因为这句问话而想到她当包厢主人的责任，公爵夫人就努力去驱逐她额头上的阴云，立刻抓住一个可心疏散她的内心激奋的谈话的题材来回答。

“这不是一篇歌剧，先生，”她答辩说，“这是一篇带有宗教性的乐剧，就像我们的大厦一样的伟大的建筑，我们很愿意领导您到这建筑里去走走。您相信我，说我们的伟大的罗西尼所以等于你们的一切的理性，这不是过火的话。因为得有诗人音乐家才能够懂得这种音乐的伟大。你们这一国家的语言和才能都是过分实利的，他们不能够平坦的插足在音乐里，但是法兰西同时也过分的包罗万象，法国人不至于永远不喜欢音乐，不鼓励音乐，你们也会在音乐方面跟在一切东西方面似的成功。并且，我们得知道吕里，拉穆，海定，贝多芬，西马罗沙，巴埃西罗，罗西尼所创造的音乐，将来的天才所要继续发扬光大的音乐是个新的艺术，过去各时代所不认识的艺术，因为那时代人家没有我们现在所有的乐器，也不知道现代的乐调的优美丰富所依赖的和音。这么一个新兴的艺术可以激动民众的研究，可以发展音乐所追求的情绪。这种情绪不容易存在你们心里，因为你们是忙于哲学思想，喜欢分析，喜欢讨论，总是受内部的纠纷的扰搅的民族。现代的音乐需要深长的和平，他是柔和的，多情的，趋向于内部激发的灵魂的语言。这种语言比说话的语言丰富上一千倍，他跟言语的关系就跟思想对于口语的关系似的。他唤醒了原样的情绪和观念，我们的观念和情绪就是在这种样式之下产生出来的，不过是让他们在每一个人心上都是一样的。我们这种内心的力量是音乐的一个伟大的地方。其他的艺术需要一种有限制的创造的精神，但是音乐的创造却是无限的。我们是被迫去接受诗人的观念、画家的图像、雕刻家的塑像；但是我们的每一个都可以自由依据苦痛或快乐，希望或失望去解释音乐。其他的艺术把我们的思想圈围在一个固定的东西之上，音乐却把他们解放了，它有力量来表达我们。您可以看出我是怎么样的了解罗西尼的《摩西颂》。"

她侧身朝向医生，因而能够对他说话，只让他一个人听见。

"摩西是一个奴隶民族的救星，"她对他说，"请您记住这个思想，您就可以看出全飞尼丝戏院的人是用那一种的宗教希望去倾听被解放的希伯来人的祈祷，是用那一种雷鸣一般的喝彩去回答他。"

乐队队长提起胡弓的时候，爱米里奥投身到包厢的后面去，公爵夫人用手指给医生指着亲王让给他坐的位子。但是法兰西人更喜欢暗中侦查这两个情人之间所发生的事情，而不愿意走进当日意大利全国所称赞的人所建立的乐宫，因为罗西尼那时候正在本国显耀。法兰西人观察着公爵夫人，公爵夫人神经紧张的谈话，她使他想起他刚在佛罗兰斯崇拜的尼奥柏①神像：同样的苦痛之中的贵质，同样的不可侵犯的肉体；不过灵魂却在她的炽热的颜色里投上一道回光，她的眼睛因为骄傲的表情而熄灭了羸弱的色彩，因为一道强烈的火焰而烧干了她的泪泉。她的含忍的苦痛因为瞧了爱米里奥而减轻了，爱米里奥死眼盯住她。当然我们不难看出她要平和她的凶猛的悲哀。她的心灵的地位给她的精神印上了我

① Niobé 是神话中的人物，代表母爱所受到的痛苦。

也不知道的那一种伟大的迹象。大部分的女人都因为格外的激发而显得忙迫，她也同样的越出了她的习惯的范围，有一种希腊女巫的神气，虽然她还是高贵而伟大的，因为失望而苦痛的是她的思想的形式，而不是她的脸色。也许她要尽量的发挥她的精神，使她的生活饶有趣味，因而去保留她的情人。

乐队演奏制曲师在曲谱之前特别编制让人知道他的开场曲要人歌唱（因为真正的开场曲是从这突然的演奏之后继续演到台灯照着摩西出场的时候为止的一段曲）的“C 长调”三和音的时候，公爵夫人忍不住发出了一个痉挛的动作，证明这音乐是如何的配合她的隐痛。

“这三和音真让您发冷呀!”她说，“人家等着苦痛。请您注意听这段引首，这引首的题材是一个受上帝手击的民族的可怕的悲歌。这真是惨痛的哀鸣！国王，王后，他们的长子，大人物们，整个的民族都叹息了！他们的骄傲，他们的征服受到打击了，他们的贪婪受到阻止了！亲爱的罗西尼，你把这骨子掷给德国人去咬，你真做得好，德国人拒绝了我们的音乐和我们科学的才能！您可以听得这惨痛的乐调，制曲师特别使调和的深刻的乐谱有这惨痛的乐调，这乐谱可以比拟德国人所制的更为复杂的乐谱，不过他们的乐谱并不使我们的灵魂疲惫或烦恼。你们法兰西人曾经完成过最为血腥的革命，你们的权贵已经在民众的狮蹄之下踏得粉碎了，这出宗教歌剧在你们国里演唱的那一天，你们就会懂得受到上帝责罚的民族所受到的牺牲的哀怨。只有一个意大利人能够写出这样丰富的一篇但丁式的歌曲。您以为在梦里享受一会儿报复的快乐是毫无意义的吗？德国的老制曲师，汉达尔，巴哈，西巴斯提恩，还有你，贝多芬，请你们跪下，艺术的王后在这里！这是胜利的意大利!”

公爵夫人居然能够在开幕的时候说了这些话。医生接着就听到制曲家开导这伟大的圣经剧的交响曲。这圣剧的题材是关于一个民族的苦痛的问题。这苦痛在他的表达里是一致的，尤其在躯体的苦楚方面。所以，音乐家跟一切的天才一样猜想到他在思想方面不能够有许多的变化，一旦获到了他的主语，他就使这句子一字一字的越响越激，用转调和柔媚的音节把民众于剧中的人物表现在这一个叠句里。力量就从这单纯的乐调里表发了出来。这一句描写一个民族在阳光的不断的浸浴里所有的寒冷和凉夜的感觉的语词描写这一民族和它的国王们所常重复的这种感觉的语词是动人的。这缓慢的音乐的动作有一种我也说不出来的什么无情的成分。这个新鲜的苦痛的句子就像是什么天上的刑官手里拿着铁棍，在整齐划一的时间里打着这些难民的四肢似的。听了他从C短调响到G短调，再回到C调而转入响G调，而在E降调上加强声响到最高峰，再到达F长调，回到C短调，总是越来越可怕，越冰冷，越惨痛，这种力量可以使观客的灵魂终于跟音乐家所表现的影像相混合。所以，当法兰西人听到这些苦痛同声合叫的时候，他就发出了最剧烈的情感：

O Nume d'Israel

Se brami in liberta

Il Popol tuo fedel，

Di lui，di noi，Pietà！

（噢！以色列人的上帝，如果你愿意你的忠实的子民免除受人奴役的苦痛的话，请你可怜他，可怜我们罢！）

世界上从来没有这样伟大的自然力量的结合，这样完善的自然界的理想化。在重大的国难之中，每一个人都各自长期的哀怨；然后，在民众之中，这里那里的就发出了相当强烈的苦痛的呼声：最后，大家都感觉到苦痛的时候，这呼声就跟风涛一样的爆发了。一旦互相了解了彼此的共同的苦楚，民众就改变了他们的无声的喊叫，换上了烦燥的叫喊。罗西尼就是这样的进行。唱出了C长调之后，埃及王就唱了他的优美的吟诵调：

Mano ultrice di un Dio!

（你这复仇的上帝，我太晚认识你了！）

于是，第一个叠句的声调就强烈了起来：全埃及呼唤摩西来救援。

公爵夫人利用了摩西和阿浪出场的时间来解释这一段优美的歌曲。

“让他们哭罢！”她感情奋激的加上一句话说，“他们做了太多的罪过。你们得忏悔，埃及人，你们得忏悔你们的荒谬的宫廷的错过！这个伟大的画师是用那一种艺术来运用音乐的一切颜色和音乐调色板上所有的一切的哀怨的色调啊！这是多么黯淡凄凉啊！这是多么阴沉啊！您的灵魂不是很沮丧吗？您不是承认了笼罩幕景的黑色的云雾的存在吗？在您看来，最浓厚的黑影不是包裹了自然界吗？那里既没有埃及的宫殿，也没有棕榄树，也没有山景。所以，要来疗治这创伤的，这天上神医的宗教性的乐调不会给您的灵魂贡献什么好处呢！一切都是一步一步的使摩西听到上帝的呼召。卡布拉查会告诉您为什么这呼召要用铜制的乐器来伴奏。这些乐器使这一段曲子带有伟大的宗教色彩。不但这技巧是可敬佩的，您也可以看出天才的源泉是怎么样的丰富；罗西尼从他所创造的障碍物里提炼出了新的美质，他能够保留丝弦的乐器来表现继着黑暗而来的光明，而到达了音乐中一个最有力量的效果。一直到这个无法摹仿的天才为止，人家从来没有编制过这样吟诵调！这里还没有唱歌或对唱。诗人是用他的思想的力量，想象的气力，词藻的真切来支持的。这苦痛的景象，这深沉的黑夜，这悲怨的喊叫，这音乐的图像，这都是跟你们的伟大的布桑的洪水一样美的。”

摩西举起了他的神杖，光明出现了。

“这里，先生，音乐不是跟借给他响声的太阳抗衡吗？不是跟使他表现入微的整个的自然界格斗吗？”公爵夫人低声接着说。“这里，艺术到达了它的最高峰，任何的音乐家都不能够超过它。您听见埃及在这长期的麻木之后醒了过来吗？幸福和光明到处的流溢。在古代和现代的乐曲里，您还能够找到跟这一样伟大的一页吗？最焕发的快乐和最沉闷的悲痛两相对立的一页吗？这是那一种的喊叫啊，这是那一种的雀跃的乐调啊！被压迫的灵魂就这样的呼吸！这是那一种狂热啊！这是那一种快板啊！真美丽的交响曲！这是被解放的民族的快乐，您难道不会因为快乐而发抖吗？”

医生听到了这近代音乐最伟大的一段对照的乐调，不禁惊异的鼓起掌来，因为他实在太钦佩这段音乐了。

“好，杜尼！”听见说话的王特拉明说。

“引首已经完了，”公爵夫人接着说，“——您刚表现了您的兴奋的感觉，”她对医生说，“您的心跳了，您已经在您的幻想的深处看到了最美丽的太阳的光芒，普照一个不久之前还很悲痛凄凉的国家。现在您得知道音乐家是怎么样的迷在里头。因而能够在今天受他的影响之后来饮佩他的天才的秘密。您想这一段这样变化无穷，这样焕发，这样完美的关于太阳上升的乐曲怎么样呢？他只是不断重复C调的谐音。罗西尼只在那里渗入第六音的四分之一。这就表现了他的作法的魔力。为着给您描写光明的来临起见，他就运用了描写黑暗和苦痛的同样的法术。这晨曦的影像就像是自然界的晨曦似的。光线是唯一的同样的元素，到处都是一样的光线，他的效果只随着他所遇到的东西而改变，不是吗？好，这位音乐家只选择了唯一的叠音，简单的C调来做他的音乐的基础。太阳光出现了，把它的光芒投射到山峰上，然后再射到山谷里。同样的在音乐方面，谐音也先从最初的几把提琴上发出，好像温和的北风似的，后来蔓延到整个乐队里，一个一个的引起了一切乐器的共鸣，渐渐的开展。随着光线逐一的照耀事物，音乐也发出每一个和音，一直等到一切的声音都流转到全体合奏里为止。您还没有听见的提琴声已经用它的微弱的快板做出了暗号，好像最初的光波一样空泛的响着。这轻松愉快的动作抚摸了您的灵魂，巧妙的音乐家就用最低微的军乐喇叭声去让这动作附和在基音上面，因而能够给您描写最初的光芒照耀山峰的时候新鲜的暗影怎样的还染着山谷。然后由风发声的乐器慢慢的渗杂其间，加强了一般的谐调。愉快和惊异的叹息也就结合在里头。最后，铜制的乐器和喇叭就响亮的共鸣。和音的来源是光线，它普照了自然界，而一切丰富的音乐也就紧迫的展开，和东方的阳光一样的有力。一直到三角器发响的时候为止，重复的C调都没有使您想到鸟鸣的歌音，三角器的尖锐幽雅的妩媚宣告了早晨的来临。这只圣手所辗转的同样的音调表现了整个自然的快乐，平静了刚才让您伤痛的苦楚。这就是伟大的乐师的烙印：统一！这是一贯的，然而却是变化无穷的。一句语词而包含有万千的苦痛的情绪，一国的万千的悲怨；独一的和音而表现一切的自然界醒觉的事态，一个民族的一切的快乐。这两大页之后接着就描写呼求万物的主宰；创造苦痛和快乐的永生的上帝的情形。只就这引首一段来说，他难道不已经是一首伟大的诗吗？”

“真的，一点儿也不错。”法兰西人说。

“现在是罗西尼所巧妙制造的这篇五部曲了，要是他能够让人家责骂我们的音乐所包含的轻佻的情欲自由的表发的话，这段优美的音乐难道不就是可以让每一个人表达他的愉快，不就是表现一个被解放的民族的快乐，然而却叹息一个危险的爱情吗？埃及的王子爱上了一个犹太的女郎，然而这个女郎却离开他走了。使这篇五部曲变成柔美悦人的就是用神圣的报复和《圣经》的奇迹所有的法术来装饰民族和自然的两个幕景。苦楚和幸福的描写之后又回返到日常生活的感情上面来……——我说的没有错罢?”公爵夫人继续着对法兰西人说。这时候刚刚好唱完了下面这一段：

Voci di giubilo

D'in'orno echeggino，

Di Pace I'iride

Per noi spunto。

(让愉快的呼声在我们的身边荡漾，和平的天星给我们普照他的光辉。)

“制曲家是用那一种艺术编制了这一段乐谱啊！……”她歇了一会儿等待回答之后，又接着说，“开始是竖琴的节奏所陪伴的神圣甜蜜的螺旋喇叭独奏，因为从这伟大的交响曲里最初唱出的是摩西和阿浪感谢真神上帝的声音；他们的柔和严肃的歌声使人想到了神召的高卓的思想，而和通俗的平民的快乐相连合。这种过渡有一种只有天才懂得寻找的天人合一的性质，而使和缓的五部曲生出一种我可以拿迪田在他的神圣人物周围所加的颜色相比拟的色调。您注意到悦耳的嗓音吗?制曲家没有把那一种巧妙的开头堆集在歌咏队所唱的动人的和歌之上呢！他是用那一种科学来预备人家对于他的激越的声音的祝贺呢！您没有看到舞蹈的歌咏队，逃出危险的一个民族的疯狂的合唱吗?笛子吹出这样响亮，这样活跃的 Voci di giubilo 连奏曲的记号时，您的灵魂不是也举行了大卫王在他的诗篇里所说的神圣的舞剑吗?”

“是的，这可以成为一个悦人的对舞的乐调！”医生说。

“法兰西人！法兰西人！您是法兰西人！”兴奋之中而被这刺激的话语所打击的公爵夫人喊道，“是的，您们可以应用这样快乐，这样艳丽的高卓的音乐来配合你们的跳舞……一首高卓的诗词绝对得不到你们的眼睛的饶恕。最有教育的天才，圣人们，国王们，不幸的人们，一切的神圣的事物都得经过你们的讽刺画的鞭笞。你们的伟大的思想而被你们的对舞通俗化了，这是音乐的讽刺画……在你们的国家里，聪明杀死了灵魂，正如推理在那里杀死了理性似的……”

当人家唱着奥西里特和孟布勒阴谋破坏埃及国王放走希伯来人的命令的一段吟诵调的时候，全包厢的人都默然无语。

“我让您生气了吗?”医生对公爵夫人说，“这样会使我失望的。您所说的话就像是一枝神杖似的，他给我的脑袋打开了许多格子，让新的意见从里头钻了出来，再因为这高卓的歌唱而更加活泼了。”

“不，”她回答说，“您是用你们的方式来称赞我们的大音乐家。罗西尼的机智和感觉方面会在你们国里成功的，我看得出来。我们希望在你们丰沃的国度里能够有几个高贵的懂得爱情的灵魂，他们能够欣赏这音乐的价值和它的伟大……啊！这是爱尔丝亚和奥西里特之间的著名的对唱，”她利用了全场欢迎丁地第一次出场的喝采的时间，接着说，“要是丁地懂得扮演爱尔丝亚，您就可以听到一位女人的卓越的歌唱，这位女人的心肠既被爱国心又被爱恋一个统治者的心情所裂碎，而狂烈爱恋美人的奥西里特就想尽计谋来保留她。歌剧的编制是依据这思想的，同时也是依据埃及国王之如何抵抗上帝和自由的力量，您应当置身其中，不然的话，您就不会懂得这伟大的歌剧。无论您怎么样的不喜欢我们的制曲诗人的发明，都请您让我叫您注意这篇歌剧是怎么样编成的。一切伟大作品所必要的对照这里也有它的存在，这种对照而且是特别有利于音乐的发展的。什么东西能够比描写一个追求自由的民族怎么样的被囚在铁窗里，在上帝的支持之下，由各种奇迹而获得自由的故事更为丰富呢?什么东西能够比描写一个爱恋犹太女郎的王子怎么样几乎出卖了统治的权力的故事更富有戏剧性呢？然而这却正是这大胆的，伟大的诗剧所表现的，罗西尼居然能够在这诗剧里给每一个民族保留一个虚构的国籍，因为我们借给了他们一切的幻想都同情的伟大的史实。希伯来人的歌唱和他们对于上帝的信仰是跟疯狂的叫唤和埃及国王的一切努力相对照的。这时候；一心爱恋的奥西里特就希望用柔情的回忆来保留他的情妇，他想要用这个来克服她的爱国心的蛊惑。所以，您就可以在奥西里特的‘Ah！ se puoi cosi lasciarmi！’（要是您有勇气离开我的话，请您就撕碎我的心罢！）这句话里认识了神圣的羸弱，热烈的温情，柔媚的情感，东方爱情的回忆；同时也可以在爱尔丝亚的回答‘Ma perché cosi straziarmi！’（为什么在我非常苦痛的时候，你就这样的扰搅我！）这句话里认识了他们。”

“不，两颗这样和合在一起的心灵绝不能够分开，”她瞧了亲王一眼说。“但是这两个情人的谈话却因为远处传来的胜利的爱国的呼声，召唤爱尔丝亚的声音而突然打断了。这描写希伯来人走向沙漠的进行曲是如何的神圣而悦耳啊！只有罗西尼能够用笛子和喇叭说了这么多事情！能够用两句话来描写整个爱国心的艺术难道不是要比其他一切的艺术更接近于天工吗？这召唤总是使我大受感动，我不能够告诉您在奴隶们看这些被解放的人走开的时候，他们心里是如何的难受！”

公爵夫人听了歌剧里一段最重要的歌词的时候，不禁潮湿了她的眼睛。

“‘Dov，e mai quel core amante！（那一颗爱恋的心灵不会分担我的忧愁呢！）’”当丁地开始演唱优美的连奏曲，表示请求人家怜悯她的苦痛的时候，公爵夫人就用意大利语接着说，“可是，什么事情呀？台下哗然了……”

“热诺瓦斯就跟鹿一样的叫。”亲王说。

这一段对唱的第一部由丁地唱毕，第二部事实上是被热诺瓦斯的整个失败破坏了，自从男高音歌咏家和丁地合唱之后，他的优美的歌喉忽然改变了。他的巧妙的唱法，可以比拟克勒生地尼和微路地的唱法好像忽然高兴忘记了他。也许是因为喉咙的紧张不妥当，过长的声音的持续败坏了他的歌唱。也许是因为没有过调的嗓音的暴发，放出的声音就像是水闸放水似的自然而然的完全忘记了趣味的律则。所以台下就全场哄动了。威尼斯人以为在热诺瓦斯和他的朋友们之间一定打过什么东道。重新唤回的丁地大受彩声的欢迎，热诺瓦斯也得到几个警告，知道台下对他的不满。这景象在一个法兰西人看来简直是喜剧，不断被掌声唤回的丁地一个人单独受到了十一次全场的疯狂的喝彩，因为几乎被嘘的热诺瓦斯不敢向她伸出手，医生就对公爵夫人提出了关于这对唱连奏曲的意见。

“罗西尼应当在这里表现最深沉的苦痛，而在这里找到一个从容的步法，一个不合式的快乐的颜色……”他说。

“您说得对，”公爵夫人回答说。“这个错误是我们的制曲家们应当顺从暴君的效果。他写这段连奏曲的时候未免太替他的第一歌女设想，不是替爱尔丝亚设想。但是，今天丁地唱得更为响亮，我太清楚这情形，这段过分愉快的曲调在我看来却充分的包含着悲哀。”

医生轮流的注视亲王和公爵夫人，没有能够猜出使这两个人分开，使他们觉得这对唱发生毛病的理由。玛西美拉低声靠近医生的耳朵说：

“您就要听到一段伟大的故事，就是埃及国王反对希伯来人的阴谋。‘A rispettar mi apprenda!（让他懂得恭敬我!）’这庄严的曲调是要给我们恢复受伤的傲气，宫廷的恶意的卡尔泰热诺瓦的胜利。国王要说话了：已经答应的让步，他又收了回去，他武装了他的愤怒。埃及国王就要站了起来，投身去捕获逃走了的猎获物。罗西尼从来没有描写过这样完善的个性，也没有描写过这样富于强烈的兴致的人物，这是一篇完美的著作，它是精细的工作的结果，这篇歌剧的任何地方都是精巧写成的，就是最微末的地方也都闪灼着青春力量。”

全场的彩声证明了这高妙的见解，这种见解是由歌咏家给他巧妙表现出来的，特别是威尼斯人所了解的。

“现在是尾声了，”公爵夫人接着说，“您又听到这解放的幸福，这上帝允许一个民族快乐走进沙漠的信仰所感应的进行曲！这被解放的民族的兴奋不会使那一个肺腑新鲜呢！啊！优美的活泼的曲调啊！懂得表现一切情绪的天才是光荣的！这进行曲里总有一种我也说不上来的斗争的成分在内，说明这民族有他们的神兵！这些充满有风韵的动作的歌唱真深刻啊！《圣经》的人物都在我们的灵魂里跳动，这神圣的音乐的幕景也使我们身临其境的加入了古代世界的一幕严肃的景象。某些嗓音部分的宗教性的片段，声音互相呼应互相归类的方式，这一切的一切都表现了我们对于初期人类所怀的伟大的观念。这优美的交响曲其实只是进行曲所发展出来的一切的音乐效果。这叠句是乐队和嗓音，歌咏和陪伴歌咏的响亮乐器的丰富的原则。现在爱尔丝亚参加了这队伍，罗西尼表现了她的抱憾来形容这一段音乐所包含的快乐的意趣。请您听她跟阿孟诺飞的对唱。爱伤的情爱从来也令人听到这样的歌唱吗？这里呼吸着悲歌的雅趣，这里有受伤的情爱的秘密的哀痛。多凄凉啊！沙漠在她看来应该是加倍荒凉的……最后是埃及和希伯来人的可怕的争斗。这快乐，这前进的行列都被埃及人的到来而被纷扰了。埃及国王公布命令的情形是用尾声里的主要的歌词来表现的，这是一句轻微的严肃的歌词，让人听到好像非洲的长蛇包围猎获物一样的慢慢包围上帝的神圣队伍的强力的埃及军队的步声。这受欺的民族的哀怨是有多少的风趣啊！这不是更近于意大利人的情况，而不只是希伯来人的情形吗？一直等到国王到来。让两个民族的领袖和一切的悲剧的情绪都面对面的对叠着为止，这动作都是多么雄壮的啊！表示摩西和两个埃及君王的愤怒的卓越的合唱所包含的是那一种令人惊叹的情绪啊！这是那一种嗓音的斗争，那一种愤怒的对阵啊！从来制曲家就没有运用过这样广阔的题材。著名的约翰爵士的尾声不过是表现一个浪子怎么样的受到他的牺牲者的报复，然而这里却是描写人世和人世的力量怎么样的设法跟上帝争斗。一个软弱和一个强壮的民族两相对阵。所以，因为罗西尼有一切的天赋，他就把他所有的方法尽量巧妙的应用了出来。他居然能够不至使人失笑的表现出散发恶咒的狂风的动作。他用一个阴沉的音乐力量和一个使您迷住的一贯的调子把谐音插入三拍子的节奏上。埃及人遇到火焰的突击的愤怒，希伯来人的报仇的喊叫都需要计算合宜的音量；所以，您可以看出他是怎么样的使乐队和歌咏队配合发展！在这火海的动作之中，快板和C短调的乐调是可怕的……——您承认，”当摩西举起神杖，让火焰从天而降，而制曲家在乐队和幕景上面施展他的能力的时候，公爵夫人说，“任何的音乐从来都没有这样精巧的表现恐惧和纷乱吗？”

“这音乐征服了台下的观众了。”法兰西人说。

“可是，他又怎么样呢？台下的观众的的确确太激动了。”公爵夫人接着说。

演唱尾声的时候，热诺瓦斯瞧着丁地唱出这样不堪入耳的声音，全场的观众都哗然了，因为他们的享受被他扰乱了。在意大利人的耳朵上，任何东西都不能够这样明显的表现“善”和“恶”的对照。戏院主人决定要控告，他说依据他对他的第一男高音的质问，热诺瓦斯先生回答说他也不知道是什么缘故正在他努力到达他的艺术最高峰的时候，他却失去了观众的爱戴。

“要是他能够唱得跟昨天一样坏的话，我们也就满意了！”卡布拉查愤怒的回答。

这句诘问使台下的观众都笑了。正和意大利人的风俗相反，很少人听舞曲。一切包厢里所讨论的都是热诺瓦斯的奇怪行为和戏院主人的演讲。能够进入后台的人就忙着到那里去打听这喜剧的秘密，不久大家所谈论的问题就只是丁地责骂她的伴唱热诺瓦斯的可怕的场景，第一歌女责备男高音歌咏家妒忌她的成功，有意用可笑的行为来破坏她，甚至于应用爱情的手段来劫夺她。歌女滚下热泪，痛哭这不幸的遭遇。她说她希望取悦她的情人，这位情人应当是在这戏院里，只是她还没有发现他的座位。如果我们要知道飞尼丝戏院和福罗里安咖啡馆是怎样的激动的话，我们就得明白威尼斯人的平和的生活，他们的生活没有什么大事情，所以两位情人之间的小小的龃龉或是一个歌女的一时的嗓音的改变都会使他们觉得是重大的事故，正如英吉利对于政治问题的看法似的。沉溺在爱海里的丁地，没有施展她的手段的丁地，热诺瓦斯的疯狂，或是他因为意大利人所了解的艺术方面所有的妒忌心而要的把戏，这些都是多么丰富的谈话材料啊！全场的观众就跟在交易所里似的谈论着，结果就吵闹得使一个惯于巴黎戏院的安静空气的法兰西人惊异了。一切的包厢都像蜜蜂搬家似的动乱着。只有一个人不参加这吵闹。麦米·爱米里奥把背部朝着幕景，他的眼睛悲哀的盯住玛西美拉，他好像只有眼睛还活着，他连一眼都没有瞧过歌女。

“我用不着问你我的交涉的结果，亲爱的，”王特拉明对爱米里奥说。“你的玛西美拉是个纯洁的敬虔的信女，她是非常和气的，……那末，她已经是丁地吗？”

亲王拿一个充满悲哀的头势来回答。

“你的爱情并没有离开你所飞翔的天上的山峰，”王特拉明在他的鸦片烟的激动之下接着说，“它还没有物质化。今天早晨，就像半年以来似的，你已经感觉到花朵在你的庞大的脑盖下展开它们的馨香的花托。你那放大了心房充满血液，一直堵住了你的咽喉。它就在这里发展了柔和的感觉，”他一边说，一边伸手放在亲王的胸脯上，“玛西美拉的声音就像光波一样的到达这里，她的手射出了成千的受困的情欲，充满了你的脑袋，云烟一般的围住你，要架走你，使你的身躯浸浴在紫光里，飞浮到天使的纯洁的爱情所在的雪山之上的天空里。她的微笑和她的嘴唇的接吻给你穿上了一件毒袍，消灭了你的人性的最后的痕迹。她的眼睛是一对天星，使你变成没有阴影的光亮。你就好像是跪在天棕之上的两个天使似的，等待着天堂宫门的开启；但是这宫门却不容易转动，而你的烦燥也使你敲打而达不到目的。你的手只遇到比你的欲望更为惊骇的密云。好像是天作之合一般的你的光亮的女友，她的头上戴满了白色的花冠，却为你的奋激而哭泣。她也许就对圣母说些歌曲一般的冗词，而人世的罪恶的情欲就给你吹来污浊的喊叫；于是你就轻蔑我曾在其中消磨我的日子的神圣的坐忘的果实。”

“亲爱的王特拉明，”爱米里奥冷静的说，“你的醉语不合事实，谁能够描写我们所梦想的欢乐把我们沉溺其间，给我们的灵魂送来永远的欲望，给我们的精神送来纯洁的机能的这个肉体的弱点呢？我已经受到这给我解释唐达尔的苦楚的苦刑而觉得懈怠了。昨夜是我的最后的一夜。最后的一次努力之后，我会把我们的母亲的儿子送还给我们的母亲，阿特里亚海会接受我的最后的叹息……”

“你不傻吗！”王特拉明辩答说，“不，你疯了，因为我们所轻蔑的这个疯狂是扰乱我们的现实形态的过去状态的回忆。梦神告诉我这些事情和其他许多的东西！你要把公爵夫人和丁地相提并论；但是，爱米里奥，请你把她们分开来看，这是更聪明的办法。只有拉发埃尔能够把形体和观念凑合在一起。你要在爱情里当个拉发埃尔；可是人家不能够创造偶尔的机会。拉发埃尔是教皇的一个侥幸，教皇曾使形体和观念成为仇敌；不然的话，任何东西也不能够生存。原则比结果还要强的时候，那里还有结果呢！我们不是在地上，就是在天上。留在天上的时候，你就太早到人间来。”

“我要送公爵夫人回去，”亲王说，“我要冒最后一次的险……然后呢?”

“然后，”王特拉明兴奋的说，“答应我到福罗里安咖啡馆来接我吗?”

“是的。”

许多威尼斯人都懂得现代希腊语，王特拉明和亲王这一段谈话就是用这种希腊语来进行的，公爵夫人和法兰西人没有听懂，虽然医生并不注意围绕公爵夫人，爱米里奥和王特拉明的兴趣，因为他们三个人都用意大利人的精细的，尖锐的，含糊的，斜视的眼色互相的了解，他也终于看出了一部分的实情，公爵夫人恳求王特拉明对爱米里奥说了这一段话，因为卡丹尼奥夫人已经嗅知了她的情人在他所迷惑的纯洁的天国的爱情里所有的苦痛，虽然她，她还没有嗅知丁地的作祟。

“这两个年青人发疯了。”医生说。

“关于亲王，”公爵夫人回答说，“让我来医治他；至于王特拉明，如果他没有听这高卓的音乐的话！他也许就是没有法子疗治的。”

“要是您愿意告诉我他们这疯狂是从那儿来的话，我就会治好他们。”医生说。

“从什么时候起，一个大医生才不是卜卦的呢?”公爵夫人讥笑的问。

舞曲早已演奏过了，《摩西颂》的第二幕已经开演了，观众显得非常的注意。大家都传说公爵曾经谆告过热诺瓦斯他是怎么样对当日的著名歌妓做过错事。人家等待着高妙的第二幕。

“王子和他的父亲最初出场，”公爵夫人说，“他们又让步了，虽然他们侮辱了希伯来人，他们却气得发抖。父亲因为儿子将要结婚而觉得安慰，儿子却因为越加使他增强爱情的障碍，到处的逆意而觉得悲愁，热诺瓦斯和卡尔泰热诺瓦唱得精妙入神。您看得出，男高音歌咏家跟他的观众媾和了。他是怎么样的发扬这音乐的贵质啊！……儿子用主音所唱而由父亲用副音重复的这句话是简单而严肃的，是这篇乐曲所依据的基础，淡泊的方法使音乐更加显得丰富。整个的埃及都在那里。我不相信近代音乐里存在有这样高贵的乐曲。一个国王的庄严的父道就在这雄伟的句子里表现了出来，刚好适合贯串这全篇的作风。当然啰，一个把苦痛抛掷在父亲怀里，让父亲也一样苦痛的埃及国王的儿子也只能够用这些伟大的印象来代表了。您心里不觉得有我们从古代帝王身上借来的一种荣华的情绪吗?”

“这真是高妙的音乐!”法兰西人说。

“王后就要去唱的‘Pace mia Smarrita’曲，是许多制曲家都不敢尝试的破坏全诗色彩的一个勇敢警策的曲调；但是，如果他们不能够满足第一歌女的自尊心的话，这些制曲家的歌剧总是不能存在的。不过，这篇乐曲所对付的范围是广阔的，它是各戏院所演奏的。它是一段响亮的音乐，歌女们没有方法拿自己所喜欢唱的调子来代替，正如大部分的歌剧所常有的情形。现在是乐谱最响亮的一段，奥西里特跟爱尔丝亚在地道里的对唱，奥里里特要把她藏在这里，从走掉的希伯来人手里抢过了她，跟她一块儿逃出埃及。走去告诉阿马尔特的阿浪走来了，他惊动了两位情人。我们也就要听到这美妙的四合唱了：Mi manca la voce mi sento morire。这个‘mi manca la voce’是一个可以抵抗一切，甚至于抵抗时间的杰作（要知道时间是时髦的音乐的试金石），因为他们是永远不变的灵魂的语言。莫沙尔有他的著名的《约翰爵士》歌剧的尾声，马尔西罗有他的‘Coeli enarrant gloriam Dei’颂歌，西马洛沙有他的‘Pria che spunti’，贝多芬有他的C短调的交响曲，伯尔高勒斯有他的‘Stabat’，罗西尼一定会流传他的‘Mi manca la voce’。我们在罗西尼乐曲里所钦佩的总是他的形式的轻松变化；为着获得这伟大的效果起见，他懂得采取古代的经句的合唱，使他的声音熔化在同一的曲调里。虽然这曲调的形式是新造的，但是他却把他镶在古代的框架里；为着使他特别显明起见，他甚至于都停止了乐队的乐声，只用竖琴的节奏来陪伴。我们实在找不到比这更巧妙的细节，也找不到比这更伟大的一般效果。——好家伙，又是吵闹！”公爵夫人说。

跟卡尔泰热诺瓦对唱得这样成功的热诺瓦斯一个人到丁地身边来比赛。伟大的歌咏家却变成了最恶劣的歌唱队队员。台下发出了可怕的倒彩，几乎摇动了飞尼丝戏院的穹窿。一直等到丁地的声音出现的时候，这喧哗才停止，丁地气愤热诺瓦斯给她固执带来障碍，她就用空前绝后的嗓音来歌唱“Mi manca la voce”。彩声雪片堆来，观众由愤怒变成了最快乐的。

“她给我的灵魂倒上了紫色水。”卡布拉查一边说，一边伸出手去祝福著名歌妓丁地。

“但望上天在你头上尽其所有的赐你恩典！”一个船夫对她喊道。

“埃及国王要撤消他的命令了，”台下平静下来的时候，公爵夫人接着说，“摩西要到他的宝座上去恫吓他，告诉他全埃及的老年人的死亡，唱着吹响希伯来喇叭的天雷一般的报复的曲调。可是，您别弄错了，这调子是卡尔泰热诺瓦拿来代替罗西尼的乐谱的巴齐尼的曲谱。这‘Paventa’曲无疑的要流传在乐谱里；它让男低音有机会去发展他们的丰富的嗓音，这里的表情应当使它胜过科学。并且，这曲调是有威胁性的，所以，我也不知道人家到底要不要让我们继续长期的演唱。”

全场喝彩之后的深长谨慎的缄默迎着这曲调；任何的东西都没有这立刻压服的放纵更有意义，更能表现威尼斯人的性格。

“我会告诉您关于加冕奥西里特的 tempo di marcia 曲，国王想要用这步骤来跟摩西的恫吓挑战：您只要听听就够了。‘他们’的贝多芬就没有写过这样伟大的作品。这充满人世浮华的进行曲正好可以和希伯来人的进行曲相比照；请您比较比较它们，您就可以看出这里的音乐是空前的丰沃。爱尔丝亚在两位希伯来领袖之前承认她的爱情，而用这优美的‘Porge la destra amata’曲（请您拿您的圣手递给另外一个女人）来表示她的牺牲。啊！多惨痛啊！您瞧台下！”

“好！”热诺瓦斯惊愕的时候，台下就这样的喊叫。

“离开了她的可怜的伴侣之后，我们就可以听到丁地唱‘O desolata Elcia’曲，这是表现上帝所同意的爱情的可怕的曲调。”

“罗西尼，你在那儿来听你的天才给你默授的歌曲这样美妙的让人唱了出来呢？”卡丹尼奥说，“——克拉铃娜难道不是跟他同等的天才吗？”他问卡布拉查，“这些声调是由肺腑出来的火气，在空气里结成我们的耳朵所吸取的飞翔的物体，用一种爱情的喜悦把我们扶上天去。如果我们喜欢这些声调的话，我们就得当上帝！”

“她就像是生长在土地里，在空气里搜集看不见的养料，从白色螺旋状的花托里射出香气，给我们的脑袋孵化梦幻的印度的美草。”卡布拉查回答说。

鼓掌唤回的丁地一个人又出现了，欢呼欢迎着她，每一个人都给她用手指送去一个蜜吻；人家给她掷去玫瑰花和一个花圈，这花圈是巴黎的时装商人给妇女们送来的花束而由妇女们献出来的。大家请求丁地再唱这一段歌曲。

“喜欢听流水板的人是怎么样不耐烦的等待着这一段只依靠嗓音才有价值的歌曲啊!”公爵夫人说，“我们可以说罗西尼是在这里依据歌女的幻想让她唱倒板。倒板和歌女的灵魂是这里的一切。唱得不好的话，这就等于零。歌喉可以使这美焕的一段发生作用。歌女应当表现出一个女人看见情人死去的最大的苦痛！您听，丁地使全场旋绕着尖锐的歌声，为着使纯粹的艺术，歌女的嗓音自由发展起见，罗西尼就在这里写了几句清晰坦白的句子；他的最后努力也发明了裂人心肠的音乐的感叹！Tormenti！Affanni！Smanie！这是什么叫唤啊！这倒板里含有多少的苦痛啊！您看得清楚丁地用高妙的努力激动了全场观众。”

法兰西人非常惊异全场因为享乐所有的热烈的疯狂，他看出了一些意大利的真性；但是公爵夫人，王特拉明和爱米里奥，谁也没有注意到重新歌唱的丁地所得到的彩声。

公爵夫人只怕是最后一次看见他的爱米里奥；至于处在扶他上天的这个庄严的女神公爵夫人前面的亲王呢，他却不知道自己是什么地方，他没有听见引诱他人情欲的妖媚的嗓音，因为一个可怕的悲哀使他的耳朵听见一个杂有暴雨一般的声音的哀怨的音乐。穿着高官衣服的王特拉明于是就看到了“布桑杜尔”的典礼。[1] 法兰西人终于猜出了亲王和公爵夫人之间的奇怪的苦痛的秘密，他用一切的智慧想去解释这事实。幕景改换了。在代表沙漠和红海的美丽的布景之中，埃及人和希伯来人的演化在进行着，然而却并没有扰搅这包厢里的四个人物的思想。但是，当竖琴的谐音宣告被解放的希伯来人的祈祷的时候，亲王和王特拉明都站了起来，大家都靠在包厢的一只板壁上，公爵夫人就拿肘子靠在丝绒的栏干上，左手掩住她的头。

法兰西人从全场观众对于这段音乐的注意里知道了他的重要性，他就敬虔的听着，全场的人特别喝彩，要求再唱一遍这祈祷曲。

“我简直觉得是参加了意大利的解放运动。”一个米兰人心里想。

“这音乐使低头的人仰起头来，使昏睡的心灵得到希望!”一个罗马额尔人嚷着。

“这里，”公爵夫人对情容可掬的法兰西人说，“科学不存在了，只有灵感默授了这篇杰作，他就好像是爱情的喊叫似的从灵魂里发了出来。至于伴奏呢，只有竖琴的节奏，一直等到最后重复这天曲的时候，乐队的音乐才开始演奏。罗西尼绝不会再编制比这祈祷曲更高妙的乐谱；他可以编制同样优美的，但绝不能够编制更好的：完美的作风总是互相类似的，可是这歌唱更是将要完全属于他的一个东西。同样的理会只能够存在于马尔西罗的颂歌里，马尔西罗是一个高贵的威尼斯人，他在音乐方面的地位就像基奥多在图画方面的地位似的。词句的庄严是跟宗教的天才所极力发明的词藻相等的，这词句的形式给我展开了、带来了无穷

① 威尼斯共和国常常举行 Bucentaure 典礼，就是把大船入水，表示威尼斯和大海的结婚，威尼斯之能统治阿特利安海。

无尽的铿锵的声调。他的手法是多么简朴的啊！摩西开始唱G短调，结尾就唱一段B降调，这使歌咏队先慢慢的重复B降调，再结尾回到G短调。这重复三次的高贵嗓音的活动最后就以G长调的一个连奏曲完成了，它的效果可以使灵魂茫然失措。好像在向天上高升的时候，这被解放的民族的歌唱正好遇到了从天上下降的歌声。天星快乐的回应被解放的人世的醉狂。这些叠句的平稳，这预备歌声的爆发而重复歌咏的逐渐响亮的雅趣都在灵魂里发展了一些上天的影像。您难道不相信看见半启的天门，手抱金琵琶的天使，捧出香炉跪拜金阙的大天使，刚刚征服过恶徒而靠立火剑旁边的天神吗？我相信，这经过思想洗涤的和音的秘密就是一些稀贵的人类工程的秘密，这和音一时把我们投进了无穷的境界，我们有这和音的情绪，我们在这类似上帝宝座周围的歌声似的无尽的声调里看到了他。罗西尼的天才引导我们登上无际的高空。我们从那里看到一块乐土，我们的眼睛在这乐土上受到天光的摸抚，深入其间，而遇不到地平线。爱尔丝亚几乎痊愈了，她的最后的喊叫把人间的爱情跟这感恩的颂歌联结在一起。这歌曲实在是天才的表现。”

“您唱罢！”公爵夫人用悲恻的情绪听着最后一句也跟唱歌一样的奏了出来，就这样的说，“您唱罢，您是自由的！”

这最后一句话的声调使医生颤栗为着使公爵夫人摆脱她的苦痛的思想起见，医生就在彩声召回丁地的时候跟她争论一番，这种争论是法兰西人的特长。

“夫人，”他说，“谢谢您给我解释这篇杰作，我明天还要来听。当您给我解释他，让我了解他的手法和他的效果时，您往往提到音乐的颜色，音乐所描绘的东西：但是，依我这个分析家和唯物论者的资格来说，我得承认我总是反对那些叫我们相信音乐是拿声音来绘画的说法。这不就是跟一般崇拜拉发埃尔的人认为他是拿颜色来唱歌一样的吗？”

“在音乐的语言里，”公爵夫人回答说，“绘画，这是用声音来唤起我们心里的某些回忆或是我们理性里的某些影像，这些回忆，这些影像都有它们的颜色，悲哀的或是快乐的。您只是跟我们辩论文字上的表面的问题，没有别的。依据卡布拉查的说法，每个乐器都有它的使命，应付某种思想，就像每一种颜色都在我们心里反应某些情绪似的。欣赏蓝色板上的黄金色的花卉图案的时候，您难道也有黑色板或是绿色板上面的红色花卉图案所给您引起的同样思想吗？在任何一种图画里，都并没有真正的人物，也没有表发出来的情绪，然而用了纯粹的艺术，没有人看见了他会继续冷淡的。笛子不是在一切人身上都会引起田野的影像，正如一切用风演奏的乐器一样吗？铜制的乐器不是有一种我也说不上来的尚武的气味，在我们心里引起奋激的情绪和雄壮的感觉吗？丝弦乐器的材料是从动物身上取来的，他们难道不会打击我们的机构的精细的纤维吗？他们不是会透进我们的心坎吗？当我对您说阴沉的颜色，《摩西颂》的引首所用的冰冷的乐调的时候，无论是实情或是您的批评，我难道不是谈到某个作家的颜色吗？您难道不知道富于神经质的作风，苍白的作风，奋激的作风，有颜色的作风吗？艺术是用语词，声音，颜色，线条，形状来绘画的；要是它有不同的方法的话，它的效果也就不同了。一个意大利的建筑家会给我们《摩西颂》的引首所给我们激起的感觉，使我们走进阴沉的，高耸的，浓密的，潮湿的树径，使我们突然走到一带充满泉水，花朵，工厂而浸浴在阳光里的山谷的面前。在他们的盛大的努力之中，艺术只是自然界的伟大景象的表现。我没有多大学问，我不能够谈论音乐的哲学，请您去问卡布拉查去，您一定会惊讶他所要对您说的话。依据他的说法，每一个乐器的表现都有时间的绵延和人类的呼吸或人类的手势，乐器的语言要比固定的颜色和有边际的语词高卓。音乐的语言是无限的，它包含一切，它能够表达一切。您现在知道您所听的杰作所有的是那一种卓越性吗？我要用简简单单的几句话来给您解释。音乐有两种：第一种是渺小的庸俗的次等的音乐，它是基础在每一个音乐家所占有的百来个句子之上。它构成了大部分制曲家借以生活的相当悦人的闲谈；人家听他们的歌唱，他们的所谓的乐调，人家多少都有一点儿快感，但是人家却不会把他们保留在记忆里；一百年过去了，谁也忘记了他们。自从荒古至今，各民族都保留有一些可以概括他们的风俗习惯，我甚至于可以说他们的历史的歌曲，把他们看做是宝库。请您听一首这种国风（教皇格里古瓦尔的歌曲就是这样的搜集了前代民族的遗传），您就会堕入深远的梦幻里，您的灵魂里就会产生出许多闻所未闻的伟大的事情，虽然这些都是初步的音乐的残留。唉，每一世纪都有一两个天才，只有一两个天才，一两个音乐的荷马，上帝给他们能力走在时代的前面，他们就编制了已成事实的伟大的诗歌和曲谱。请您细细的想一想，请您记住这思想，他会变成丰富的，会由您重新说出来的；这是能够流传百世的乐曲，不只是协和的声音而已。这篇宗教歌剧包含有许多伟大的神圣的成分。一篇这样开始，这样拿祈祷曲做结尾的作品实在是不朽的，好像复活节的‘O filii et filiae’，殉难节的‘Dies irae’乐曲，好像一切留存在强盛的，快乐的，失去已往繁华的国度里的歌曲似的。”

公爵夫人步出包厢时所拭干的两颗泪珠就够得说明她是怎么样想到过去的威尼斯，所以王特拉明就吻了她的手。

这演唱就以最奇怪的责骂，加在热诺瓦斯身上的嘘声和称颂丁地的疯狂来结束了。好久以来，威尼斯都没有过这样热烈的演奏，他们的生命又被意大利没有缺乏过的这对照的描写复苏了，因为这里的最小的城市也是生活在对立的党派的抗争之中：到处都是基柏冷党和格尔夫党的斗争，维郎地方的卡布勒派和孟泰古派的对立，布郎额地方的热勒麦伊派和洛麦里派的暗斗，热内亚地方的飞斯基派和铎利亚派的明争，贵族和平民的对立，元老院和法官的对立，佛罗兰斯地方的巴志派和麦迪西派的竞争，米兰地方的史福尔沙派和微斯岗地派的恶战，罗马地方的奥尔西尼派和哥伦那派的厮杀；总之，到处都是同样的斗争。在街头里已经就有了热诺瓦斯派和丁地派的争执了。亲王陪着公爵夫人回家，公爵夫人不只是受到了奥西里特的爱情的感动而悲哀，她相信自己将有同样的惨剧，她只能够把爱米里奥拉紧靠在她的胸脯上，好像要留他在她身边似的。

“你还记得你的允许啊!”王特拉明对他说，“我在广场上等你哩。”

四、两个治疗

王特拉明挽着法兰西人的手臂，给他提议在等待亲王的时候到圣马克广场上去散步。

“要是他不回来的话，我就高兴了。”他说。

这句话是法兰西人和王特拉明的谈话的出发点，王特拉明看出这时刻是个好机会让他请教医生，他就对医生叙述了爱米里奥所处的奇怪的地位。法兰西人做了法兰西一切的人在这情形之下所做的事情，他笑了。王特拉明把这事情看得非常的严肃，他生气了；但是当马僧地，古维埃，杜布伊特兰，布落西的学生告诉他说他能够治愈亲王的过度的幸福，消散他年来包围公爵夫人的云烟一般的纯洁的诗意时，王特拉明也就心平气和了。

“这是幸福的不幸!”他说，“古代人没有这样幼稚的假定玻璃是天堂，假定物质是观念，他们愿意在他们的《伊索寓言》里来描绘这毁灭躯体而使精神统制一切事物的力量。”

王特拉明和医生看见卡布拉查陪着热诺瓦斯走来。这位癖嗜音乐的人，非常想要知道这次失败的真正的原因。谈到这个问题，男高音歌咏家就像受了情感所反射的观念力量的迷醉似的叨叨不绝的说话。

“是的，先生，我爱她，我非常疯狂的崇拜她，我都不敢相信自从我厌腻女人之后我还能够这样的疯狂。女人们对于艺术未免太有害处了，人家实在不能够把欢乐和工作结合在一起。克拉拉以为我妒忌她的成功，以为我要妨碍她在威尼斯的胜利；可是我却在后台里喝彩，叫着‘歌后啊！’比全场的人叫得还要响。”

“可是，”卡丹尼奥突然进来说，“这不能够解释你这歌坛圣手怎么会变成最恶劣的歌咏家，而没有给我们这种让我们快乐的印象。”

“我，”音乐专家说，“我，我这可以跟最伟大的乐师们比肩的音乐家，我却变成了恶劣的歌咏家！”

这时候，法兰西的医生，王特拉明，卡布拉查，卡丹尼奥和热诺瓦斯已经走到了毕亚齐达。已经是午夜的时分了。几乌德卡角上的圣乔治教堂和圣保罗礼拜寺和大运河的开头所形成的光亮的海湾，由海关大楼和纪念救主圣母马利亚的教堂所神秘展开的海湾，这伟大的海湾是和平的。月色在埃斯克拉风海岸之前照耀着船只，不受波涛激荡的威尼斯海水好像是活的，因为水流中有成千的金粒在闪灼着。任何的歌咏家都没有在这种舞台上登场过。热诺瓦斯用一个夸张的动作延请天空和海水给他作证；除了海水的微响以外，没有其他的伴奏，他就唱了克勒桑地尼的名曲‘Ombra adorata’。这歌唱是在月光之下的荒芜的威尼斯城中的著名的圣泰奥多尔塑像和圣乔治塑像之间举行的，歌词和场合非常的调和，他和热诺瓦斯的哀怨表情都使几个意大利人和这个法兰

西人叹服。第一句歌词就使王特拉明的脸孔流满粗大的眼泪。卡布拉查屹立不动，好像是公爵的宫殿所有的塑像似的。卡丹尼奥好像心里有所感动。惊讶的法兰西人好像一个遇见破坏定律现象的学者似的思考者。这四个人物是这样性格迥异的，他们的希望是这样的贫弱的，他们不相信任何身前身后事，他们都像野草或甲虫似的度着虚暂的偏情生活，这时候他们都瞥见了天国。任何的音乐都没有这样的值得神圣的形容。从这喉咙里发出的慰人的声音给灵魂包围上一层温和的妩媚的云烟若隐若现的好像听曲人周边的月色照耀的云母石的山峰似的，好像要给拍翅礼拜的天使预备居处似的。这简朴天真的乐调钻进了内心的感觉，给那里带来了光明。这感情是多么神圣的啊！可是男高音歌咏家的虚幻是用那一种可怕的呼唤来引起人家的高贵的感情啊！

“我难道是个恶劣的歌咏家吗?”一曲清歌之后，热诺瓦斯说。

大家都抱歉，认为乐器并不是神圣的天国的存在物。这天使一般的歌唱难道就是自尊心受侵害的结果吗？歌咏家没有任何的感觉，他没有想到信虔的情绪，心里所浮显的神圣的影象，正如提琴不知道班迦尼尼叫他说出的话语似的。大家都希望看见威尼斯从殓尸布裹起来，独自歌唱，然而这却只是男高音歌咏家的失败。

“您猜得出这种现象的意义吗?”医生对卡布拉查说，他要这个人开口说话，因为公爵夫人曾经告诉过他这个人是深刻的思想家。

“什么意义呀？……”卡布拉查说。

“没有丁地在场的时候，热诺瓦斯是超卓的，可是，在她身边的时候，热诺瓦斯却跟驴叫一般的唱歌。”法兰西人说。

“他是顺从一个秘密的律则，这律则的数学表现也许得由你们的化学家给他定出公式，也许下一世纪要用渗杂奇怪的代数公式，黑线，符号和线条的X，A，B的公式来表示。这些东西都使我头痛，因为最高妙的数学发明都不能够给我们的享乐增加任何的东西。一个艺术家不幸心里有许多情感来发表的时候，他就不知道如何来描写这感情，因为他已经是这感情本身，而不是感情的影像。艺术是由脑子里来的，并不是由心里来的。当您的下属统治您的时候，您就是奴隶，而不是主人了。您就像是被民众包围的国王似的。开始执行的时候而过分的感觉到强烈的情绪，这是官觉抵抗机能的暴动。”

“我们不是应当用一种新的尝试来让我们信服这个吗？”医生问。

“卡丹尼奥，你还能够让你的男高音歌咏家和第一歌女相见面。”卡布拉查对他的朋友卡丹尼奥说。

“诸位先生，”公爵回答说，“请你们到我家里来吃宵夜罢。我们得让男高音歌咏家跟克拉铃娜和解，不然的话，威尼斯的应节娱乐就算是完了。”

大家都接受这建议。

“船夫们！”卡丹尼奥嚷着。

“一会儿，”王特拉明对公爵说，“麦米在福罗里安咖啡馆里等着我，我不愿意让他一个人没有伴儿；咱们今天晚上得灌醉他，不然的话，明天他就要自杀了……”

“老天爷！”公爵嚷着，“为着我这一家的幸福和前途起见，我要保留这个好孩子的生命……我去请他去。”

大家都到福罗里安咖啡馆来，那里的人众都被各种兴奋的辩论激动着，他们看见男高音歌咏家进来，就停止了辩论。亲王在朝廊的一只窗户附近，阴沉的呆着眼睛，四肢麻木不动的呈出一副悲哀的可怕的脸孔。

“这个疯子，”医生用法语对王特拉明说，“他不知道自己要什么，世界上存在有一个能够分开玛西美拉和一切造物的男子，他可以在任何人世的力量都不能够实现的浮华理想的天界里占有她。他能够看见他的情妇总是高卓的，纯洁的，他总可以在自己心里听到我们刚才在海边上所听到的歌曲，总是让他那一双给他造成迪田在升天图的圣母身边，拉发埃尔在《基督变容显圣图》里第一个发明的热烈的空气的眼火之下生活着，然而这个男子却只玷污了这首诗！在我的协助之下，他可以在这个女人身上把他的官觉爱情和他的神圣爱情结合在一起！总之，他会跟我们其他一切的人一样，他会得到一个情妇。他占有一个神明，然而这不幸的人却要这神明变成一个女人！我告诉您这个，先生，他放弃了天堂，然而我却不能够负责说将来他们会生活在悲痛里。噢，这些女人的面貌，这样精细切成的纯洁光亮的蛋形脸，它们可以使人想到艺术战胜自然的创造，不能够走路的神圣的美脚，可以一口吹倒的纤腰，永远不会怀孕的瘦长的体态，一出了童年就让我们瞥见，就让我们偷偷羡慕，毫无希望的崇拜，让一些不会疲倦的欲望的光辉所包蔽的处女们！你们这些女人是我们再也看不到的，但是你们的微笑却统治了我们的整个存在，而某个声色中的人物却要永远把你们埋没在人世的污泥里！呃！先生，太阳离开地球三千三百万法里才给地球射来光芒，使地球温暖；要是您走近太阳的话，科学就要告诉您它在那里既不发热，也无光辉，因为科学有一点儿用处。”他瞧着卡布拉查，加上一句话说。

“对于一个法兰西医生，科学确有不少的用处！”卡布拉查轻轻的用手拍了一下外国人的肩膀，嘴里说，“您刚刚解释了欧罗巴对于但丁最不了解的部分，他的 Bice！”他加上一句话说，“是的，我说的是柏阿特里克斯，这理想的女人，这一切女人之中所选择的诗人的幻想王后，这被眼泪所圣化，被回忆所神化，然而却被无可奈何的欲望所不断使其返老还童的女人！”

“亲王，”公爵朝着爱米里奥的耳朵说，“您跟我一块儿吃宵夜来罢。人家从一个拿波尔人手里抢去了他的妻子和他的情妇，他就不能够拒绝这拿波尔人任何的事情。”

这句用贵族的温和口吻说了出来的拿波尔式笑话使爱米里奥不禁微微的笑了一笑，爱米里奥让人家挽住他的手臂，把他带走了。公爵先派了一个咖啡馆的伙计到家里去。因为麦米宫殿坐落在大运河里救主圣母马利亚礼拜堂那一边，人家得步行从里亚尔图打了一个圈儿到那里去，不然的话，就得坐船去。但是客人们都不愿意彼此分手，大家都宁愿步行穿过威尼斯。不过公爵却因为身体的残废，不得不跳下扁船。

清晨两点钟的时候，走过麦米宫殿的人都会看见宫殿的一切窗户朝着大运河吐出光芒，都会听见飞尼丝戏院的音乐队在石级底下给丁地贡献夜间音乐会而演奏的悦耳的西米拉米的开场曲。客人们都坐在第三层楼走廊里的桌子旁边。丁地在阳台上唱着阿尔马微发的《夜安曲》来致谢，公爵的管家就给穷苦的艺术家们分配主人的赠品，又请他们第二天来宴饮。这是大贵族保护女歌人和大贵妇保护男歌人时所必得履行的礼仪。在这种情形之下，人家就得左袒整个的戏院。卡丹尼奥做得非常的大方，他是戏院主人的赞助者，这让他花费了两千厄古。他叫人家把宫殿的家具搬来，弄来一个法兰西厨子和各地的美酒。所以，您可以相信这一顿宵夜是跟王室的华宴似的。亲王坐在丁地身边，他整个一顿宵夜的时间都紧张的觉得受到诗人们在一切语言里所称为“爱情箭矢”的射击。超卓的玛西美拉的影象渐渐的阴黑了下来，就像上帝的观念有时也在孤独的学者心里渐渐的盖上一层怀疑的云雾似的。丁地看到自己得到爱米里奥的爱慕，不禁自觉是世界上最幸福的女人；她确信能够占有他，她的激奋的快乐也就反映在她的脸孔上；她的美丽发出这样炽烈的一道华光，每一个客人干了一杯酒都不能够不朝着她鞠了一个躬，致了一个敬礼。

“公爵夫人比不上丁地。”医生说，他已经在这西西里女郎的眼火下忘记了他的理论。

男高音歌咏家一边吃，一边喝，他好像要跟第一歌女的生命混合在一起，而损失了他这意大利歌人所特有的幽默感。

“唱罢，小姐，”公爵对丁地射去一道祈求的眼色，“还有您，亲爱的第一男高音，”他对热诺瓦斯说，“希望你们调调和和的唱一个曲子。请你再唱一段C调的Qual portento，就是这宗教歌剧里表现太阳来临的那一段曲子，让我的老朋友卡布拉查相信渐高调的优点！”

“我要从她所爱的亲王手里夺回她，因为这真刺眼，她崇拜他！”热诺瓦斯对自己说。

在海边听见过热诺瓦斯唱歌的客人们听了他的驴鸣，他的鸟叫，他的猫声，他的咬牙，他的切齿，他的怒号，他的惨呼，他的狗吠，他的呼叫，甚至于他用一个垂死的喘息来发出的声音，是如何的惊愕啊！总之，热诺瓦斯是在扮演一个不可了解的笑剧给惊讶的眼睛所呈出的一只表露激昂高贵的情绪的脸孔，好像楚巴兰，穆里罗，迪田，拉发埃尔所画的殉道者的脸孔似的。大家发觉热诺瓦斯态度正经的时候，他们的谑笑也就变成了严肃的表情了。丁地似乎明白了她的伴唱的确爱她，他在“撒谎的国度”里，这逢场作戏的舞台上所说的委实是真话。

“Poverino！（这可怜的孩子！）”她一边叹息，一边在桌下摸了摸亲王的手。

“Per Dio Santo！（好家伙！）”卡布查喊道，“你要给我解释解释你这会儿念的是那一段乐曲吗，你这罗西尼的凶手？请你赏个脸，告诉我们你到底怎么回事儿，什么魔鬼在你喉咙里作怪？”

“什么魔鬼！”热诺瓦斯答辩说，“您得说音乐的天神。我的眼睛仿佛塞西尔圣女的眼睛似的看见天使用手指给我指示，让我随着用火写成的乐谱的一个一个的音阶，我也设法跟这些音阶斗争。Per Dio（好家伙！）您难道还不了解我吗？激动我的情绪侵进了我的全身，透入了我的心和我的肺。我的灵魂和我的喉咙只成了一个独一的呼吸。无名的制曲家曾经用过自然界的纯粹的声音，我们拿来构成赋有色泽的物体的乐器多少能够给我们摹仿的声音来思索编制高卓的音乐。这些声音在绚烂的交响曲里，没有演奏家所放在里面的不完全的成分。您难道没有在梦里听见过这种音乐吗？他们难道不是整个的情绪，整个的灵魂吗？……好，我就是给您贡献这些绚烂的音乐，然而您却责骂我！原来您跟嘘我的飞尼丝的台下听众一样的发疯！我瞧不起这个俗人，他不能够跟我一块儿登上统制艺术的高峰，这而且是这些有地位的人，一个法兰西人……好，他都走了！……”

“都走了半个钟头了。”王特拉明说。

“那也就算了！他也许倒懂我，因为喜欢音乐的高贵的意大利人都不了解我……”

“去罢，去罢，去罢！”卡布拉查轻轻的拍着男高音歌咏家的头，笑着说，“请你骑上阿里奥斯多天神的半马半鹰的怪物背上，赶快飞驰去罢；请你跟在你的幻想，这音乐的德里亚基人后面跑罢。”

事实上，每一个相信热诺瓦斯醉酒的客人都让他说他的话，不去听他。只有卡布拉查懂得法兰西人所提的问题。

正当齐布尔酒打开了一切客人的话匣子，每一个人都到处驰骋他的爱马的时候，医生就给玛西美拉交去了一封王特拉明所写的信之后就在一只扁船里等待她。玛西美拉穿着睡衣走来，因为她恐慌亲王给她的告别，而惊异这封信给她带来的希望。

“夫人，”医生对公爵夫人说，他一边请她坐下，一边给舟夫下令开船，“现在是解救麦米·爱米里奥的生命的问题，只有您一个人有这力量。”

“我得怎么办呢?”她问。

“啊！无论人家在意大利能够怎么样的崇拜最高贵的脸孔，您都可以让步来扮演一出丑剧吗?您愿意从您所在的蓝天上下凡到妓女的床上来吗?总之，您，您这高贵的天使，您，您这没有斑点的纯洁的美人，您得同意来揣摩丁地的爱情，在她床上来欺骗热情的爱米里奥，酒醉会把他弄得胡里明涂的，看不清楚。”

“只要这样就行吗?”她笑着说，给惊愕的法兰西人指示他所没有看到的钟情的意大利女郎的性格的一角。“如果必要的话，我都可以胜过丁地，来解救我的朋友的生命。”

“您而且可以把两位在他家被一座诗山分开的朋友溶化在一起，这诗山要跟冰山上面的雪堆似的在夏天的太阳之下溶化了。”

“我得永远感谢您。”公爵夫人严肃的说。

法兰西医生回到走廊里来的时候，狂饮已经采取了威尼斯的疯狂的性质。迷惑在丁地身上的亲王露出了一种快乐的神色，他自许要在她身上找到他所已经尝味过的陶醉。丁地拿真正西西里女郎的态度浮游在即将得到满足的爱梦的情感里。法兰西人朝着王特拉明的耳朵说了几句话，丁地心里颇为不安。

“您有什么阴谋呀?”她问亲王的朋友。

“您是良家妇女吗?”医生朝着她的耳朵说，他的态度有如施行手术时的坚硬。

这句话就像一把刀插入心坎似的打进了可怜的女人的听觉。

“问题是要解救爱米里奥的命!”王特拉明加上一句话说。

“您来。”医生对丁地说。

可怜的女歌人离座走到桌端王特拉明和医生两个人的当中，仿佛一个罪犯来到忏悔师和刽子手的中间似的。她争论了很久，但是最后终于为着敬爱爱米里奥而屈服了。医生的最后一句话是：

“您同时也就治好了热诺瓦斯的病!”

丁地绕着桌子给男高音歌咏家说了一句话。她又回到亲王身边来，抱住他的颈项，用一个失望的表情吻着他的头发，这种情景都使没有失去理性的王特拉明和法兰西医生两个人感动，然后她就奔入她的卧室。爱米里奥看见热诺瓦斯离席走了，又看见卡丹尼奥跟卡布拉查热烈讨论了好久音乐的问题，就朝着丁地卧室的房门跑去，打开了门帘，仿佛一只鳗鱼溜进一只瓶子似的失踪不见了。

“好，卡丹尼奥，”卡布拉查说，“你追求过一切肉体上的享乐，现在你的生命就悬挂在一条线上，好像一个染有许多斑点的纸傀儡似的，需要人家在后面拉线才能够演戏。”

“可是你，卡布拉查，你追求过一切的观念，你不是跟我一样只活在渐高调上面吗?”

“我，我占有整个的世界!”卡布拉查一边说，一边做了一下尊严高贵的姿态，伸出他的手。

“我，我可把这整个的世界吞下去了!”公爵辩答说。

他们发觉医生和王特拉明都走了，只有自己两个人留在走廊里。

第二天，经过了最幸福的一夜之后，亲王的酣睡就被一个梦境扰搅了。他觉得在他的胸脯上有许多宝珠，是一个天使给他倾倒来的；他醒了过来，发现自己浸在杜尼·玛西美拉的眼泪里，公爵夫人把他抱在怀里，瞧他睡觉。

虽然热诺瓦斯的女伴丁地没有让他下午二点钟之前起床，虽然人家说这种情形只有破坏一个男高音的歌喉，但是他却神妙的演唱他在《西米拉米里》里所扮演的角色；他跟丁地一同被彩声召到舞台前面来，人家给他献上了许多新的花环，台下都快乐得发

疯了，男高音歌咏家不再忙于设法用一种天使一般的法术去引诱他的第一歌女了。

王特拉明是医生无从疗治的唯一的人。敬爱一个已经不存在的祖国，这种情感是不可救药的病痛。这位年青的威尼斯人尽力设法生活在十三世纪的共和国里，跟鸦片烟所带来的伟大的妓女睡在一起，精疲力竭的回到现实的生活里来。他就在朋友们的悲悼和赞颂之间死去了。

这故事的结局带有可恶的中产阶级的气味，我们得怎么样来叙述这结局呢？一句话就够得说给崇拜理想的人听了。

公爵夫人怀孕了。

仙女们，水神们，女神们，古时代的仙姑们，希腊的女诗神们，巴微礼拜堂的云母石圣女们，米赤儿一安慈的日夜，柏里尼第一个人画在宗教图像底下拉发埃尔也这样神妙的画在受赠者的圣母和僵冻在杜勒斯德的圣母像底下的天使们，奥尔迦额在福罗兰斯的圣米赤儿教堂里所塑的圣女像们，钮莲堡圣西巴尔墓上的仙乐队们，米兰大教堂的几个圣母们，成百峨特式大教堂的居民们，一群破坏形象来就您的女人们，含蓄的艺术家们，一切没有形体的天使一般的女人们，大家都跑来围住玛西美拉的床，在那里痛哭流涕！

一八三九年五月二十五日于巴黎